光文社文庫

長編推理小説

三毛猫ホームズの闇将軍

赤川次郎

光　文　社

『三毛猫ホームズの闇将軍』目次

プロローグ

「誓うか」

と、声がした。

その声は、大きく響き渡っていたが、どうしてか、彼の周囲を行く人々は、誰一人足を止めなかった。

「——誓うか」

その声は更に大きくなって、彼の頭を破壊しそうだった。

畜生《ちくしょう》！　どうしてみんなびっくりして立ち止まらないんだ？

頭が割れそうだった。

「誓うか！」

声は、まるで鉄の塊《かたまり》のように、彼の頭の中を砕いて行った。

このままじゃ……俺《おれ》は死ぬ！

彼は道にうずくまった。

やめてくれ！　もうやめてくれ！

「誓うか！」

「誓う！　誓うから、やめてくれ！」

と、彼は叫んだ。

すると――頭の痛みはスッと消えた。

しかし、めまいは残っていて、立ち上ることはできなかった。

無数の足音が、周囲を行き交っている。

朝の出勤時間である。

道の端にうずくまっている彼を見ても、誰一人足を止めはしなかった。みんな自分の生活で手一杯なのだ。

そうだ。――俺は「誓った」のだ。

今さら「やめました」とは言えない。

このめまいさえおさまったら……。

その時、

「どうなさったんですか？」

という優しい声が頭の上で聞こえた。

幻か？　こんな忙しさの中で、いちいち声をかけて来る物好きがいるわけがない。

「大丈夫ですか？」

肩に、ふと手が触れるのを感じた。

目を開いて、顔を上げると、若い女性が彼を見下ろしていた。

「ご気分が悪いんですか？　救急車、呼びます？」

と言われて、

「いや、それは……」

と、首を振って、「ちょっと――手を貸してもらえますか」

「ええ。私につかまって。――立てますか？」

「何とか……」

立ち上ると、またもめまいがするが、さっきよりは大分小さい。

「どこかで休まれた方がいいですよ」

と、その女性は言った。「きっと貧血を起したんですね」

「すみません……」

と、彼は言った。「お勤めがあるんでしょう。もう行って下さい」

「私、帰りですから」

「帰り？」

「看護師です、私。夜勤明けで、帰るところなんですよ」

と、微笑《ほほえ》む。「さ、歩けます？　どこか、座って休める所へ行きましょう」

「すみませんね」

「いえ、これくらい……」

歩き出すと、またもめまいがして、真直ぐに進めない。

「病院に行った方が」

と、その女性が言った。

「いえ、少し休めば……」

彼は足を止めて、「ここへ入って、横になります」

ビジネスホテルが目の前にあった。――これは天の啓示か。

「そうですね。じゃ、お一人で大丈夫ですか？」

「何とか……」

と、一人で歩きかけたが、フラついて、

「危いですよ！」

と、また支えられた。

——結局、そのホテルの部屋まで、その女性に送ってもらうことになった。

「どうもありがとう……」

と、彼はベッドに倒れ込むように横になって、「もう……大丈夫です」

「ネクタイ、外した方が。シャツのボタンも少し外して。——楽にして寝て下さい」

「ええ……。いや、お手数かけて……」

「どういたしまして。私もよく寝不足で貧血起すんですよ」

と、その女性は言った。「さあ、目を閉じて……。眠るといいですよ」

その声は心地よく、暖かい毛布のように彼を包んだ。

彼はたちまち眠りに落ちて行った。

そして……。

どれくらい眠ったのだろう？

ふと目覚めると、ずいぶん体が軽くなったようで、もう頭もスッキリしていた。

「ああ……。よく眠ったな」

と、伸びをして、気が付くとベッドのそばの椅子《いす》で、あの女性が居眠りしていた。

幻か？　いや、そうじゃない。ずっとここにいてくれたのか。

起き上って、伸びをする。

ベッドに腰をかけたまま、目の前で居眠りしている女性を眺《なが》めた。少しふっくらして、都会的とは言えないが、ぬくもりを感じさせる女性だ。

看護師で、夜勤明け。さぞくたびれているのだろう。少し口を開けて寝息をたてているさまは、微笑ましかった。

頭がガクッと前に落ちて、息を吸い込みながら目を開け、

「あら……」

ちょっとの間ポカンとしていたが——。

「どうも」

と、彼が言うと、急に真赤になって、

「ごめんなさい！　私、眠っちゃったんだわ」

「疲れてたんでしょ。すみませんでしたね」

「いいえ！　あの……もうご気分は？」

「ええ、大丈夫です」

「良かったわ……。じゃ、私、これで」

と立ち上る。

「待って下さい」

と、彼は言っていた。「もう少し――」

「え？」

「いや……。もう少し、ここにいて下さい」

「でも、私、帰って休まないと……」

「じゃ、ここで休んで行けば？」

「――ここで？」

すっかり目が覚めたのか、彼女は大きく目を見開いて、彼を見ていた。

彼の手が伸びて来て、彼女の手をつかみ、引き寄せるのを、彼女は拒まなかった……。


「もう行かなきゃ」

と、彼女は時計を見て、起き上った。

「もう？」

「出勤するのに、このままじゃ。一旦アパートに帰って、着替えるわ」

「シャワー、浴びて行けば」

「いえ、帰ってから」

彼女は急いで服を着ると、「あの……」

と、目を伏せた。

「君は——ご主人がいるの？」

「いいえ！」

「彼氏は？」

「特に……親しい人はいません」

「じゃ、待って」

と、彼もベッドから出ると、「一緒に出よう」

と、急いで服を着る。


「あなたは……」

「僕は清原《きよはら》宏一《こういち》。君は？」

「——淡谷《あわたに》信忍《しのぶ》です」

二人は何となく一緒に笑った。

「何か食べないか？　腹ペコだ」

「そんな時間……。でも、いいわ。このまま病院に行っちゃう」

「よし！　それじゃ行こう！」

清原はドアを開けようとして——淡谷信忍をもう一度抱いてキスした。

「こんなことって……」

と、信忍はため息をついて、「いつも、こんなことするの？」

「まさか！　こういう運命さ」

「運命ね」

二人はしっかり腕を組んで、ホテルの部屋を出た。

二人とも、バスルームを使わなかったので、気付かなかった。

バスルームのシャワーが細く水を流し続けていて、その下に、若い女の死体が横たわっていることに……。

1　謎の顔

「本当にもう……」

晴美《はるみ》は、喫茶店のテーブルの上に置かれた自分のケータイを眺めては、もう何度もため息をついていた。

もう一時間になる。

テーブルに置かれた二杯目のコーヒーは、すっかり冷めてしまっていた。外は雨模様で、勤め帰りの人々が足早に通り過ぎて行った。

「おかしいな……」

片山《かたやま》晴美は、高校時代の友人と待ち合せていた。待ち合せの時間を間違えることは、まずない。

場所もこの店。前にも何度かここで会っているから、分らないはずがない。

一時間を過ぎると、晴美は心配になって来た。

堺紀美江《さかいきみえ》は、決していい加減な子ではない。晴美ほどではないにしても、約束はきちんと守るし、うっかり忘れることも、まずない。

その紀美江が、約束の時間を一時間過ぎても現われず、何の連絡もないとなれば……。

ケータイの番号も聞いていたが、かけてもつながらない。

「まさか……」

交通事故にでもあったのか、それとも急病で入院？

このところ、紀美江は元気がないようだったから、病気という可能性もある。

「どうしよう……」

晴美は迷った。これ以上ここで待っているのも……。

でも、堺紀美江は、

「必ず行くから。どうしても相談したいことがあるの」

と言っていた。

席を立ち辛いのである。ただ、その一方で――。

「お腹空《す》いた……」

昼をちゃんと食べなかったので、さっきからお腹が鳴っているのだ。

「いやだわ、石津《いしづ》さんみたいなこと言っちゃった」

石津刑事は、晴美にひたすら真心を捧げているが、同時に「食べること」にもこの上ない敬意を払っているのである。

ここでサンドイッチでも取ろうか？　でも、頼んだとたんに紀美江が現われそうな気もする。

「ハムレット並みの悩みだわ」

と呟《つぶや》くと、ちょうどそばを通りかかったウエイトレスが、

「ありますよ」

と言った。

「――え？」

「ハムエッグでしたら、作れますけど」

「あ……。いえ、そうじゃなくて――」

と言いかけたとき、テーブルのケータイが鳴ったのである。

「やっと！」

すぐに手に取ると、「もしもし！　今どこにいるの？」

と訊《き》いたが……。

ややあって、

「そちらは……」

と、男の声。

「え？　——堺紀美江さんじゃ？」

ケータイを見直すと、確かに紀美江の番号だ。

「その人は、このケータイの持主ですか」

「あの……」

「そちらはどなた？」

どこかで聞いた声……。でも、まさか……。

「——お兄さん？」

向うは一瞬絶句して、

「晴美か？」

「今、堺紀美江と待ち合せてるの。そこは？」

「ビジネスホテルの部屋だ」

兄、片山義太郎《よしたろう》は、警視庁捜査一課の刑事だ。その兄が紀美江のケータイを……。

「何かあったの？」

「バスルームで若い女が殺されてる」

晴美は息を呑《の》んだ。

「どこのホテル？」

その娘はバスタブの中で、窮屈《きゆうくつ》そうに倒れていた。裸身は濡《ぬ》れて青白く光っていた。

「――どうだ？」

と、片山が訊いた。

晴美は肯《うなず》いて、

「堺紀美江だわ……」

と言って息を吐《は》いた。「何てこと……」

「胸を一突きされてる。凶器は見付かってない」

本当なら、心臓を刺されて出血が相当あったはずだが、シャワーの水が血を洗い流してしまっていた。おかげで片山も貧血を起さずにすんだのだが。

「彼女の服は？」

と、晴美が訊く。

「なくなってる。バッグなども見当らない」

「でも――ケータイはあったのね」

「うん、洗面台の上にのっていた」

「妙ね。身許《みもと》が分らないようにするつもりなら、まずケータイを持って行くでしょ。忘れるわけないし」

「そうだな。どういうわけか……」

と、片山が首をかしげる。

「誰が発見したの？」

「清掃に入った女性だよ。男女の客が出たんで、片付けに入って、バスルームを見て、びっくりってわけだ」

「男女の客？」

「うん。二人連れで、出るときも二人だったらしい」

「じゃ、ここに三人入ってたってこと？」

「分らない。何しろこういうホテルは受付も無人で、いちいち見てないからな」

「でも、ラブホテルじゃないわ。ビジネスホテルでしょ？」

「まあな。しかし、その二人も午前中に入って、夕方出て行ってる。当然、後から入る客もいただろう」

「でも分らない……。紀美江がどうして……」

晴美がちょっとふらつきそうになって、片山はびっくりした。

「おい、大丈夫か!」

「ごめん……。友だちが殺されたっていうのに」

「ショックなのは当然だよ」

「いえ……。お腹空いて、目が回りそうなの」

と、晴美は言った。


晴美はホッと息をついた。

「生き返った!」

と呟いてから、「紀美江は——生き返らないわね……」

事件のあったビジネスホテルの斜め前のファミレスで、晴美は一人、定食を食べてやっと一息ついていた。

落ちつくと、事件のことが気になる。

ビジネスホテルの前には、パトカーが何台か停っていて、赤いランプが夜道に映っていた。

——雨は上っているが、濡れた道は色を映していたのだ。

「——何かあったのかしら」

と、パンツスーツの女性が、席を立って窓越しにビジネスホテルの方を見ている。

ウエイトレスが、

「何だか人殺しがあったみたいですよ」

「へえ！　それでTV局も来てるのね」

いかにもせかせか動き回っていそうな、「仕事人間」のタイプだ。

「誰が殺されたの？」

「さあ、そこまでは」

と、ウエイトレスが行ってしまっても、その女性はじっとビジネスホテルを眺めて動かない。

好奇心旺盛なのね、と晴美は思って、

「コーヒー、もう一杯」

と、オーダーした。

その女性、自分の席へ戻ろうとして、晴美のそばで足を止めると、

「——晴美？」

「え？」

「片山晴美でしょ」

「あなた……」

「高校で一緒だった、双葉幸子《ふたばさちこ》よ」

と言って、「忘れてるでしょ。私、目立たなかったから」

「あ……。幸子？　——まあ！」

晴美は、あまりに学生のころと様子の変っている友人に、びっくりしてしばし言葉がなかった。

「晴美、ちっとも変ってないね」

「それより……。幸子、堺紀美江、憶《おぼ》えてる？」

「堺？　——ああ、優等生だった子ね」

と肯く。

「あのホテルで殺されたの、紀美江なの」

——二人とも、それぞれに驚いて、しばしただ見つめ合っていた……。

「でも、同じ高校の友人にここで会うなんて、偶然ね」

と、晴美が言った。「紀美江がすぐそこで殺されてて……」

「そんなこともあるわよ」

と、双葉幸子は言った。

幸子がテーブルを移って来て、今は晴美と向い合って座っている。

「堺紀美江って、何してたの？」

と、幸子は訊いた。

「私もよく知らないの」

と、晴美は首を振って、「連絡は年に二、三度あって、ご飯食べたりもしてたけど、その都度、仕事が変っててね。アルバイトとか臨時の仕事をやってたみたい。詳しく訊かないでほしそうだった」

「今は正規雇用の方が珍しいくらいだものね」

と、幸子は言った。

少し気持が落ちついて来ると、晴美は改めて双葉幸子の変りようにびっくりした。

「幸子、今、何してるの？」

幸子が手早く名刺を出す。その手つきは、まるで奇術師がカードを切っているかのようだ。

「〈Jコンサルタント主任〉……。へえ」

晴美はちょっと小首をかしげて、「何をする会社？」

「色々よ」

と、幸子はひと言だけ言って、「晴美はお兄さんがまだ刑事やってんだ」

「一応ね」

「お兄さん、まだ独身？　——じゃ、兄妹で暮してるのか」

「プラス、三毛猫一匹。というか、一人と言った方がいいかな」

と、晴美は言った。

双葉幸子は、本当に地味で目立たない子だった。いじめの対象にならなかったのは、あまりに地味で目につかなかったから、とまで言われたくらいだ。

しかし、今の幸子に、かつて小太りでメガネをかけ、いつも教室の隅で一人お弁当を食べていた姿は全く重ならない。

スラリとして、幸子は美人ですらあった。唯一、名残《なごり》はメガネだが——。モダンなデザインになっていた。

「これ、なくてもいいの」

晴美の考えていることが分ったのか、幸子はメガネを外した。「コンタクト入れてるから。このメガネは飾り」

幸子のケータイが鳴って、「ごめん！　出ないわけにいかなくて」

もしもし、と話しながら、幸子は店のレジの方へと出て行った。

晴美は、一人になると少しホッとした。幸子が特にどうっていうわけじゃないが、今の幸子は、昔と違って平気で人前に出る積極性があって、話していると少し疲れるところがあった……。

そう……。昔の幸子も、人を少しくたびれさせるところがあった……。

「――ごめん！」

と、幸子が戻って来た。「今、このニュースを知ってるTV局に流してやった」

「TVの仕事もしてるの？」

「場合によってはね。――すぐ私とつながりのあるTV局が駆けつけて来るわ」

と、幸子は言って、「ね、晴美。そのTVで、ちょっとコメントを撮らせてくれない？」

晴美はびっくりした。

「私を？」

「そう。このふしぎな運命をよ」

「ふしぎな、って……。どこが？」

「晴美と私が、紀美江の殺された現場の近くにいたってこと」

「幸子も出るの？　マスコミ関係者なんでしょ？」

「言わなきゃ分りゃしないもの。ね？」

「コメントって……」

「学生時代のこととかさ。適当でいいのよ。どうせ編集して使うんだから」

そう言われると、晴美は却《かえ》って抵抗がある。

「ごめん。やっぱり断るわ。紀美江のことを考えると……。それに、兄が捜査を担当してるわけだし」

それを聞くと、幸子はちょっとふくれっつらになって、一瞬、高校のころのイメージがよみがえった。

しかし、幸子はすぐに元の顔に戻ると、

「分った。じゃ、何か考えるわ」

と言った。「晴美、相変らず真面目《まじめ》ね」

「そういうわけでも……」

「私、紀美江がどういう生活をしてたのか、調べてみるわ」

「どうして幸子が？」

「興味あるじゃない。それに——学生のころの紀美江は、あんまり感じがいいとは言えなかったもの」

確かに、堺紀美江はプライドが高く、幸子のことなど見下していた印象があった。

「じゃ、私、行くわね」

幸子は立ち上って、「TV局もじき来るだろうし」

「私も、兄の所に戻るわ」

晴美は言った。

「そうなの? じゃ、連れてって! お兄さんに挨拶《あいさつ》したい」

晴美はためらったが、そこまで拒むのも気の毒な気がして、結局一緒に店を出ることにした。

「晴美さん!」

ビジネスホテルに入ったところで、呼びかけて来たのは、もちろん石津刑事である。

「石津さん、今来たの?」

「いえ、この付近の聞き込みをしてたんです」

と、石津は言った。「殺されたのは、晴美さんのお友だちだったそうですね」

「高校時代のね」

と、晴美が肯く。

黙って見ている幸子ではなかった。

「晴美、この人は?」

と、腕をつかんで、「紹介して! ね?」

あまり気は進まなかったが、晴美は石津に幸子を紹介した。

「――刑事さんなのね！　逞《たくま》しいわ！　私、こういうタイプ、好みなの」

幸子は石津の手をしっかり握って、しばらく離さなかった。石津はただ呆気《あつけ》に取られているばかりだった……。

「お兄さん」

晴美の声に片山は振り返って、

「ちゃんと食べたのか？」

「うん。――偶然、そのファミレスで会ったの。双葉幸子さん」

晴美は幸子を紹介して、「彼女も、紀美江と同じクラスだったの」

「そうか。――偶然、そこに？」

「ええ。運命的な出会いですね」

と、幸子は肯いて、「見せていただいても？」

訊きながら、片山の脇をすり抜けるようにして幸子はバスルームへ入ってしまった。

「幸子――」

晴美が言いかけたが、幸子はもうバスタブの中の死体を見ていた。

「これが、堺紀美江？」

と、幸子は真顔で見下ろして、「こんなに寂しそうな顔、してたっけ?」

「幸子……」

「私……だめだわ。ごめん」

幸子にとって、自分で思っていた以上にショックだったらしい。

幸子はバスルームを出て、そのまま駆け出して行ってしまった。

「――どうしたんだ?」

と、片山が首をかしげる。

「さあ……。色々、複雑な思いがあるのかも」

「しかし、同じクラスの子がすぐ近くにいたっていうのは……。本当に偶然なのか?」

晴美には答えられなかった。

2　深夜帰り

夜道は、昼間の倍も長い。

疲れた足には、ゆるやかな坂も山道を上るようだ。

それでも、やっとアパートの明りが見えてくると、沖野《おきの》のぞみは気持が楽になって微笑んだ。

二十代のころは、どんなに帰りが遅くなっても平気で、アパートまで元気よく歩けたものだ。いや、好景気のころは、深夜になるとタクシーで帰るのが許されていた。

今では、自宅近くの駅からのタクシーさえ認められない。――こうして、三十分近くかけて歩いて来るのだ。

もう午前二時を回っている。早く寝ないと。朝は七時に起きなくてはならない。

三十代も後半になると、疲労は一晩眠っても取れないのだ。

アパートへ入ろうとして、のぞみは足を止めた。

「また……」

と、つい呟いてしまう。

ゴミ出しの場所に、黒いビニール袋が置かれていた。――朝、八時過ぎに出さなくてはいけないのだ。

「誰が出してったの？」

いちいち、ゴミ袋に名前が入っているわけではない。それに、アパートの住人だけがここにゴミを出すのではなかった。この近所の家も、ここがゴミの置き場になっている。

のぞみはため息をついた。――どうしよう？

のぞみの心配は、このアパートの「主《ぬし》」とでも言うべき、五十代の学校教師にあった。独身だが、ともかく規則に厳しく、午前八時より五分でも早くゴミを出すと、すかさず出て来て、その場で叱りつける。

中でも、のぞみはその女性教師ににらまれていた。夜中にクタクタになって帰宅したとき、とても八時には起きられそうにないので、たまにはいいだろうと夜の間にゴミを出してしまった。

その結果、朝早く玄関のドアを壊されるかと思うほどの勢いで叩《たた》かれ、パジャマ姿のまま表に引張り出されて、三十分も説教された。出勤して行く人々の好奇の目にさらされながら、寒い冬の朝、のぞみはくり返し謝らなくてはならなかった……。

以来、のぞみは八時前にゴミを出していない。毎日のゴミを紙袋に入れて持ち歩き、駅のゴミ箱や会社の給湯室で捨てていた。

しかし、誰とも分らない「違反者」が出ると、針山紘子《はりやまひろこ》――女性教師の名である――は、のぞみを疑うようになっていたのだ。

この黒いビニール袋も、のぞみのせいにされる恐れが充分にあった。

のぞみは迷ったが、また朝叩き起こされることを考えると仕方なかった。

黒いビニール袋をつかみ上げる。――自分の部屋に入れておいて、後で自分のゴミと一緒に出そう。

「どうして人のゴミまで……」

ブツブツ言いながら、のぞみは黒いビニール袋を持って、アパートへ入って行った。

一階の〈103〉が、例の女性教師、針山紘子の部屋だ。そのドアをチラッと見てから、のぞみは階段を上った。むろん、足音をたてないように用心して。

二階の〈202〉が、のぞみの部屋である。バッグから鍵を出そうとして、キーホルダーを取り落としてしまった。

その音に、のぞみ自身が飛び上りそうになった。あわてて拾うと、急いで鍵を開ける。

中へ入って、明りを点《つ》けると、息をついた。

狭い玄関である。黒いビニール袋は結構な大きさで、のぞみは舌打ちしながら玄関の隅へ足で押しやった。

袋が倒れると、きちんと縛っていなかったのか、袋の口が開いた。そして中身が――。

「――え？」

しばらくして、やっと声が出た。

ビニール袋から飛び出したのは――どう見ても札束だった。

「何よ……。これって……」

何かの冗談？

のぞみはかがみ込んで、その札束を拾い上げた。一万円札の束。輪ゴムでとめてあるが、厚さから見て、たぶん百枚の束だろう。

「偽札？」

ザッと指でくってみた。手触り、見た目の色合、印刷。――本物らしく見えた。

「でも……まさか……。これ全部？」

こわごわビニール袋の中を覗《のぞ》いて、息を呑んだ。同じような札束が詰め込まれていた。

「こんな馬鹿なこと！」

まさか――まさか、全部本物の札束？

のぞみは、ともかく手にした札束をビニール袋の中へ放り込み、部屋へ上った。

そう。これは夢かもしれないわ。

もしかすると……。

のぞみは、あえてゆっくりと着替えをした。そうしている間に、あのビニール袋が消えて失《な》くなってしまうかもしれない。

中身が枯葉に変っているかもしれない……。

そうなることを、半ば期待していた。こんな大金がもし本当に手に入ったら、とんでもないことになるだろう、と思ったからだ。

しかし――札束は札束のままだった。

「眠れやしない」

どうせなら、全部でどれくらい入っているのか、数えてみようと思った。

一つの札束の輪ゴムを外し、枚数を数えると、ぴったり百枚。――ビニール袋から、少しずつ札束を取り出して並べた。

新札ではなく、束によって微妙に厚みが違ったが、おそらく百枚ずつなのは間違いないだろう。

札束を十個ずつ積んで、並べて行く。

「二十……。三十……」

汗がふき出して来た。本当なら寒くなる季節だ。

「九十九……」

初めにバラした札束と合せて、合計百束！

百万円が百個なら――一億円になる。そんな計算なら、のぞみにもできた。

一体誰が、あんな所に一億円の現金を置いて行ったんだろう？　なぜ？

「冷静に……。落ちついて……」

のぞみは自分に向って言った。

これはどう考えても、まともな金ではないだろう。ギャングか、それとも政治家の裏金で、処分に困って捨てたか。

いずれにしろ、この金を自分のものにするなど、とんでもないことである。妙なことに巻き込まれて殺されでもしたら。――命が何より大切だ。

それに、これはよくできた偽札かもしれない。もしこれを使ったりしたら、たちまち捕まってしまうかも……。

拾った金を届け出なかっただけでも罪になる。そんなことで職を失い、路頭に迷うなんてとんでもない！

「明日、警察に届けよう。それしかないわ」

と、のぞみは口に出して言った。

しかし、言葉とは裏腹に、のぞみの目は、積み上げられた札束に釘《くぎ》づけにされたように動かなかった……。


ケータイの鳴る音で、のぞみは目をさました。

「え……。どうして？」

午前十時になろうとしていた。

手を伸して、ケータイを取る。

「もしもし……」

と、出ると、少し間があって、

「何してるんだ！」

と、怒鳴られた。「仕事は山になってるんだぞ！」

課長の辻《つじ》だった。

「――具合が悪いんです」

と、のぞみは言った。「メールしたと思いますけど」

「電話に出られるんだ。仕事だってできるだろう」

と、辻は言った。「午後からでもいい。出て来い！」

のぞみもさすがに言葉がなく、どう答えたらいいかと考えている内に、切れてしまった。

ベッドの中で、のぞみはモゾモゾと動いた。――休むつもりだったが、ああ言われては……。

「人間扱いしないんだから！」

と、グチっていると、またケータイが鳴り出した。

辻からだ。さっきの電話は、辻がデスクの電話でかけていたのだ。今度は辻のケータイからだ。

「はい」

と、寝たまま出ると、

「のぞみ。――さっきはすまん」

と、辻が言った。「部長の手前、ああ言わざるを得なかったんだ。分ってくれ」

どこか、廊下かエレベーターホールに出てかけているのだろう。声の響き方で分る。

「でも……やっぱり出なきゃいけないんでしょ？」

と、のぞみは言った。

「うん……。どうしても起きられなきゃいいが、できれば……。何なら、ちょっと出て来て、やっぱり気分が悪いと言って帰ってもいいぞ」

課長の辻は今四十八歳だが、どう見ても五十五、六という老け方である。小心者で、部長ににらまれてリストラされるのを何より恐れている。

「そこまで部長に気をつかわなきゃいけないの？」

と、ついのぞみはグチっていた。

辻とはもう三年越しの関係があった。むろん、妻子持ちの辻と結婚しようとは思わなかったが、それでも辻が少しは自分のことを大事に思ってくれるのを期待していた……。

「そう言われると……。しかし、君だって部長に気に入られれば、何か将来のためにプラスに……」

「今さら将来なんて考えたくもない」

と、のぞみは言い返した。「あなたが、私に来てほしいっていうのなら、行かないこともないけど」

辻は、どう答えていいのか分らない様子で黙っていた。

分っている。困ったとき、辻はいつもこうだ。じっと黙っていれば、その内のぞみの方が折れてくると思っている。

確かに、これまではそうだった。辻が辛い立場にいることは、充分理解していた。

しかし——結局、辻はこの程度の男なのだ。

「——分ったわ」

と、のぞみは言った。「お昼から出勤する」

「ありがとう！　すまんな、無理させて」

のぞみは通話を切って、しばらくぼんやりしていた。

なぜか、辻の言葉がひどく中身のない、空虚なものにしか思えなかった。辻との逢瀬《おうせ》がのぞみの「救い」でもある日もあったのに……。

のぞみは起き出して、押入れを開けた。

アルバムだの、本だのを置いた、その後ろに、あの黒いビニール袋が隠してある。

届け出るのが一番正しい。しかし、辻との電話が、のぞみの気を変えた。

「一億円……」

あれが本物で、もしうまく手に入れば、もうあんな会社で働かなくてもいい。辻のようなくたびれた男と寝る必要もないのだ。

のぞみは、すっかり目が覚めていた。

「いらっしゃいませ！」

いつものレジの女の子だった。

明るい声で、どんな時でも疲れを見せず、笑顔で接客する。――のぞみは、いつもその名前も知らない女の子に感心していた。

しかし、今日ばかりは……。

その元気のいい「いらっしゃいませ！」が、のぞみをハンマーのように打った。

のぞみのことも憶えていて、

「いつもありがとうございます」

と言いつつ、もう手はスーパーのカゴの中から次々に品物を取り出して、バーコードを読み取って行く。

どうなるだろう？

沖野のぞみは、カゴの中の品物が少なくなるにつれて、顔から血の気《け》がひいて行くのを感じていた。

やめておけば良かった。――後悔の念がふき上げてくる。

やるにしても、いつも通って顔の知れているスーパーを選ぶことはなかった。どこか遠くの、入ったことのないスーパーなら……。

いや、大丈夫。もし引っかかったら、

「変ね、キャッシュカードで下ろしたのよ」

と、とぼけて見せる。

のぞみが、知っていて偽札を使うなどとは誰も思うまい。

「お待たせしました！　三千二百円になります」

と、レジの女の子は言った。

のぞみは、その子の名札に〈鈴木《すずき》〉とあるのを見た。

二十歳？　まさか十代ではあるまいが、童顔で可愛い。

「――これで」

と、のぞみは一万円札を出した。

「はい」

のぞみは、あの一万円札がレジの機械に吸い込まれて行くのをじっと見ていた。

偽札だったら？　私は逮捕されてしまうだろう。

だが――一万円札は、何ごともなく吸い込まれ、千円札と百円玉が出て来た。

やった！　のぞみは身震《みぶる》いした。

「六千八百円のおつりです」

と、〈鈴木〉という女の子が渡してくれるのを受け取る……。

「ありがとうございました！」

という女の子の声を背に、カゴを抱えてのぞみは作業台へと向った。——大丈夫だった！

一万円札は、本物だったのだ。

のぞみは札束から一枚だけ抜いて、ここへやって来た。

スーパーの袋に品物を入れ、店を出る。

どんよりと曇っていた晩秋の空で、雲が裂けて日が射して来た。暖かい日射しがのぞみを包んだ。

それは祝福の言葉のようだった。

「一億円はお前のものだよ！」

と言われているかのようだ。

のぞみは心を決めた。むろん、あの金はまともな金ではないだろう。届け出ないで自分のものにするのは犯罪である。

しかし、もし誰にも知られることなく一億円をわがものにできたら……。

これは自分の人生をリセットできる、二度とないチャンスかもしれない！

そう。――危険はあるだろう。

でも、本当に「石橋を叩いて渡る」ような生き方をして来て三十七歳。一度くらいは、多少のリスクを覚悟して、何かをしてもいいのではないだろうか……。

のぞみは胸を張り、大股《おおまた》に前進して行った。アパートへ向って。

3　新しい日

しかし、アパートが見える所までやって来たのぞみは、分厚い壁に目の前を遮《さえぎ》られたかのようにピタリと足を止めた。

アパートの前に停っているのは、パトカーだった。

やっぱり……。そんなにうまく行くはずがなかったんだ。

私は逮捕される。そして、もちろん会社もクビになり、友人も失ってしまう……。

ところが――見ていると、どうも様子がおかしい。

アパートの住人や、近所の人たちも出て来て、遠巻きにして見物しているのだが……。

ドアが開け放してあって、警官が出入りしているのはどう見ても一階だったのだ。しかも、それは――。

「針山さん？」

近付いてみると、確かにドアが開いているのは１０３号室。あの口やかましい針山紘子の部屋だった！

アパートの住人のおばさんがいたので、

「あの……どうしたんですか？」

と、のぞみはそっと声をかけた。

「あら、沖野さん！　あんた、いたの？」

「ええ……。ちょっと買物に」

「会社かと思ってたわ」

「午後から出ることにしてたんです。これって……」

「あの、口うるさい『先生』よ！　あんたもひどい目にあわされたでしょ」

「ええ……。針山さんがどうかしたんですか？」

と、のぞみは訊いた。

「捕まったのよ」

のぞみは啞然《あぜん》とした。

「捕まったって……。どうしてですか？」

「管理費よ」

と、隣にいた別の主婦が言った。「私たちが毎月納めてた管理費の一部を、あの人、修繕費として家主から預かってたの。それを使い込んだんですって」

「まあ……」

「他人には散々偉そうに説教しといて、自分はお金を使い込むなんてね！　腹が立つわ」

「本当よね。しかも、学校の先生よ」

のぞみは、開け放された103号室のドアを見ていたが、

「何に使ったんでしょうね」

と、呟くように言った。

「さあね。パチンコとか競馬とか……」

「ギャンブル？　私は男だと思うわ」

「男？　あの年齢《とし》で？」

「だからこそよ。お金でも使わなきゃ、男は相手してくれないでしょ」

「それもそうね」

――そのとき、103号室の中から、

「お願い！　待って下さい！」

という叫び声が聞こえて来た。

針山紘子だ。――のぞみは、あの女性教師が手錠《てじょう》をかけられて連れ出されて来るのを見

ていた。

「お願いです！　待って下さい！」

と、刑事に向って、「あの子が――あの子は私がいなくなったら死んでしまいます！　お願い、誰か、預かってくれる人を見付けるまで待って下さい！」

「あの子」が何なのか、のぞみにも見当がついた。針山紘子は小さな室内犬を飼っているのだ。

もともと、こんな小さいアパートである。ペットは禁止されているのだが、そのことで彼女に文句をつけたり苦情を言ったりする度胸は誰にもなかったのである。

「ふざけるな！」

と、刑事が怒鳴った。「そんなことで逃げられると思ってるのか！」

「でも……あの子は飢え死にしてしまいます……」

針山紘子は泣いていた。

しかし、見守る周囲の人々は冷ややかに眺めているばかりだ。

「さあ、早く乗れ」

と、刑事がパトカーの方へと押しやる。

のぞみは、進み出ると、

「針山さん！」

と呼びかけた。

振り向いた針山紘子へ、

「私が面倒みます」

と、のぞみは言った。「ちゃんと飼いますから、心配しないで下さい」

「沖野さん……。ありがとう！」

と、深々と頭を下げる。

「名前を教えて下さい。『あの子』の」

「――マリナというの」

「マリナですね。分りました」

「沖野さん。よろしく」

と、もう一度頭を下げる。

針山紘子を乗せたパトカーが走り去る。

「あんた、本当に飼うつもり？」

と、同じアパートのおばさんが呆《あき》れたように言った。「あんなにいじめられてたのに」

「犬に罪はありませんもの」

と、のぞみは言った。「中へ入って連れて来てもいいですか?」

「いいんじゃない? でも……。そうね、犬に罪はない、か」

と、おばさんは笑って、「あんた、いいとこあるわね」

周囲からも好意的な笑いが起った。

のぞみにとっても、ふしぎだった。

あんなに目の敵《かたき》にされていたのに。どうして針山紘子に同情などしたのだろう?

103号室にポツンと心細げに残されているマリナを見ると、のぞみは胸が痛くなった。

「今日から私が飼い主よ。——さ、おいで」

逃げようともしないマリナをキャリーバッグに入れ、

「何がいるのかしら……」

と、部屋の中を見回していると、他の住人たちが入って来て、

「トイレがあるでしょ。それとエサ」

「そうね。ドッグフード、ない?」

「あ、そこの台所に積んであるのが……」

「これこれ」

色々、部屋の中を捜して、犬に必要と思われる物をみんなで抱えると、二階へ上るのぞみ

の後をゾロゾロついて来る。それは奇妙な光景だった……。

「何ですか？」

と、課長の辻が、チラッと周囲を気にしながら言った。

「悪かったな」

のぞみは冷ややかに、「外出して来ます」

「ああ、分ってる。ね、今夜――」

エレベーターが来て、のぞみがさっさと乗り込む。辻もあわてて乗って来て、

「いいだろ？　会議は八時ごろ終る」

「一階まで下りるんですか？」

のぞみは〈1〉を押して、「急ぎの仕事でしょ、これ？　邪魔しないで下さい」

エレベーターが下りて行く。

「そう怒るなよ。僕が無理言って申し訳なかったけど……」

辻がのぞみを抱こうとしたが、エレベーターが途中のフロアで停ったので、あわてて離れる。

一階でのぞみが急ぎ足でビルを出ようとすると、辻が追いかけて来た。

「おい、そう怒るなよ！」

辻がのぞみの腕をつかむ。

「何ですか？　みっともないでしょ。人目があるのに」

のぞみは辻の手を振り切って、「私は怒ってなんかいません。怒るほどのことでもないわ」

「そうか」

辻は表情をこわばらせて、「そういう態度に出るなら、俺にだって考えがある」

それを聞いて、のぞみが笑った。辻はますます顔を紅潮させて、

「何がおかしい！　俺は課長だぞ」

「だから？　何でも好きなようにすればいいわ。でも、私との関係が知れ渡ってもいいのね」

「俺を脅《おど》す気か」

「どっちが脅してるの？　それ以上言う前に周囲を見てごらんなさい」

「うるさい！」

辻にしてみれば、自分の方が下手《したて》に出てやったのに、ありがたがらないのぞみが許せないのだろう。

ビルの出入口で、すでに何人もが足を止めて、二人のやり合っている姿を眺めている。

「後悔しても知らないぞ。クビにしてやる！」

と、辻は言った。

「どうぞ、ご自由に」

と、のぞみは微笑んで、「もう用がなければ、これで」

「お前は——」

と言いかけて、辻は初めてすぐそばに部長が立っているのに気付いた。

のぞみは部長へ会釈《えしやく》して、そのまま外出した。

「部長……」

「おい、辻。今の話、聞いてたぞ。管理職がそういうことをしていいと思ってるのか」

と、厳しい口調。

「いえ……。今のは何でもないんです。ただの口喧嘩《くちげんか》で」

「そうは思えんな」

と、部長は冷ややかに、「お前の方こそ、自分のクビを心配しろ」

辻は一人取り残されて、呆然《ぼうぜん》と立ちすくんでいた。

「あいつめ！　のぞみの奴《やつ》……。あいつのせいだ！」

と、口走ると、

「課長さん、どうも」

何だか場違いな明るい声がした。

「誰だ？」

と、辻は振り向いて、「——ああ、清原か」

「いつもありがとうございます」

辻の所へ出入りしている営業マンである。

「——聞いてたのか」

「何をですか？」

と、清原は目をパチクリさせている。

「いや、聞いてなきゃいいんだ」

と、辻は清原の肩を叩いて、「ここんとこ、ひどい頭痛がしてるって言ってたな。どうなんだ？」

「はい。おかげさまですっかり良くなりました」

「そいつは良かったな。頭痛は用心した方がいい」

「ありがとうございます。本当に課長さんは私のような者のことまで、お気づかい下さって……」

「せっかく一階まで下りて来たんだ。その辺で何か甘いものでもどうだ」

「私、甘いものには目がないんですよ」

と、清原は嬉しそうに、「ぜひお付合させて下さい」

「よし、行こう」

辻は、同じ野球チームを応援してくれるこの男が大好きだった。ともかく辻のことを持ち上げてくれて、話が楽しい。

辻は甘いものがそれほど好きではない。しかし、甘味の店で清原がクリームあんみつをアッという間に平らげるのを見ているのは快感だった。

「――いや、この店のアンコは最高ですね」

と、清原が感激の様子で、「課長さんに教えていただいて、この店に彼女を連れて来たんですよ」

「彼女？　恋人ができたのか」

辻はコーヒーを飲んでいた。「そんな話、聞いてなかったぞ」

「知り合ったばかりで……。でも、一目惚《ひとめぼ》れってやつですか、お互いに」

「そいつはいい。結婚するのか？」

「そのつもりです。――彼女は看護師でして」

「なるほど。女は優しいのが一番だ。よく憶えとけよ」

と、辻はちょっと渋い表情になって、「外見でごまかされるな。女はガラッと変ったりするからな」

「はあ……」

「いや、すまん！　妙なことを言ったな」

「とんでもない。ご心配いただいて」

と、清原は言った。「実はそのことで一つお願いがありまして……」

「何だ？　何でも言ってみろ」

「はあ。――正式には彼女と二人で改めてお願いに上りますが、ぜひ辻課長さんに仲人《なこうど》をお願いしたいと思いまして」

「俺に？　しかし、君の社の上司にまずいんじゃないのか？」

「いいえ。日ごろお世話になっている辻様にお願いできれば、これ以上の幸せはありません」

「そうか！　そこまで言ってくれるのなら……」

辻はすっかり上機嫌になって、「うん、女房にも言っとこう。いつ式を挙げるんだ？」

「辻様のご都合もおありかと……」

辻は手帳を出して、適当な日をいくつかあげた。——自分がクビになっているかもしれないということは、忘れている。

「おや」

と、清原はガラス越しに表を見て、「あの方、確か辻課長さんの所の——」

振り向いた辻は、外出から戻る沖野のぞみを見て、

「ああ。うちの課員だ」

と、素《そ》っ気《け》なく言った。

「やっぱりそうですか。——似た人だと思ったんですが、そうなんですね」

と、清原が肯く。

「似た人？」

「あ、いえ……。大したことじゃないんで」

「何だ？　言ってみろよ。俺も、部下のことは知っておかないとな」

「はあ……。ですが……。万一、他人の空似ってことがあると……」

「いいから話してみろよ」

と、辻はせっついた。

「ええ。実は……」

清原は日本茶を一口飲んで、「四、五日前ですが、仕事のお付合で、ある会社の社長さんについて妙な所へ行きましてね」

「妙な所？」

「それが……男を探してる女たちが集まってるバーなんで」

「つまり……金で買える女ってことか」

「ええ。でも、中にはお金目当てじゃなくて、ちゃんといい会社で充分な給料をもらってる女が、ただ男を求めて来てるってこともあるそうで」

「へえ。で、君も買ったのか」

「とんでもない！」

と、清原はあわてて首を振って、「そんなことで女性と付合いたいと思いませんよ」

「それもそうか。今、彼女がいるんだしな」

「その社長さんも、女の品定めをするのが楽しいらしくて、買ったことはないとおっしゃってましたが。――そのとき、一人とても目立つ女がいましてね。化粧が濃いんですが、きりっとしたなかなかの美人で……」

「――それで？」

「社長さんも、『あの女は、ここでは人気なんだ。週末になると、必ずといっていいくらい現われる』と……」

「その女がどうかしたのか」

清原が口ごもって、

「いえ……。それはまあ……」

「おい。もしかして今通った部下の女が、その女だと言うのか？」

「そうはっきりとは……。しかし、どうもどこかで見た顔だなという気がして、しばらく見てる内に、フッと『辻さんの所の女の方とそっくりだ』と思ったんです。いえ、もちろん、他人の空似ってことはあります。ただ……」

「何だ？　そこでやめるな」

「目が合いましてね、その女と。すると、女の方もハッとした表情になって、他の男の方へ行ってしまったんです」

清原はそう言って、「すみません。私の思い違いかもしれませんし。気にしないで下さい」

「分った。君が心配することはない」

辻は、穏やかでない胸中を隠して、「おい、コーヒー、もう一杯！」

と注文した。

のぞみが、週末ごとに男をあさりに？

まさか、とは思ったが、同時に、そんなこともあるかもしれないと思う。

「――そのバーはどこなんだ？」

と、辻は訊いた。

4　孤独な夜

〈R〉の文字がチカチカと揺れていた。

消えかかっているのかと思ったが、そうではなかった。雨がひどくなって、車の窓ガラス越しに視界が歪《ゆが》んでいるのだ。

「あれがそのバー？」

と、晴美が言った。

「うん。〈R〉って名だし、間違いないだろう」

と、片山義太郎は言った。「今、何時だ？」

「あと五分で十二時」

「じゃ、行ってみるか」

片山は車を停めると、「傘がないと濡れるな」

「すぐだから、一本あれば大丈夫よ」

と、晴美がバッグを開けて、「私、折りたたみ持ってるから」

「じゃ、俺は走るから、後から来い」

片山はコートを頭にかぶるようにして、車を出ると〈R〉入口へと走った。――雨は思いの他強く降っていて、靴に水が入ってしまった。

「やれやれ……」

吐く息が白い。――雨の夜は底冷えがした。

晴美は傘を広げてのんびりやって来た。うまく水たまりを避けて、靴も無事だ。

――ホテルで殺された堺紀美江。その手帳に、このバー〈R〉の名と、〈土曜日午前0時〉とあった。

何か手掛りがつかめるかもしれない、というのでやって来たのである。

黒い扉を開けると、

「いらっしゃいませ」

と、蝶《ちょう》ネクタイのやせた男が無表情に迎えた。「お二人様ですか？」

「うん」

「席はご一緒で？　それとも別々がいいですか？」

妙な質問だったが、ごく当り前の口調で訊かれて、片山は面食らった。すると晴美がすか

さず、

「別々でお願い」

と言ったのである。

「少々お待ち下さい」

と、蝶ネクタイの男が奥へ入って行く。

「おい……」

「別々の方が、方々見張れるでしょ」

と、晴美が小声で言った。

「そりゃそうだけど……」

「私と一緒でないと寂しい？」

「馬鹿言え！」

と、片山はむくれた。

「そういう店なのよ。調べたでしょ、あらかじめ」

「分ってる」

――殺された堺紀美江がメモしていた〈R〉というこの店。

「その世界」では、「決った恋人のいない男女が、出会いを求めて集まる店」として知られているらしいのだ。

待つほどもなく、

「どうぞ」

と、案内される。

地下への狭い階段を下りて行く。何か「秘密の世界」へ足を踏み入れるような気分になる。

地階は思いがけず広く、薄暗くはなっているが、互いの顔が見えないほどではない。

「こちらとそちらへ」

二人用のテーブル二つに、片山と晴美は一人ずつ座った。そう離れていないが、隣というわけでもない。

ともかく飲物を注文し、片山は店内を見回した。

ほとんどのテーブルが一人ずつだ。中には男女で向い合っている二人もいるが、話している様子は、そう親しいとも見えなかった。おそらくここでどっちかが声をかけた、初対面の相手なのだろう。

バーにしては、一人で黙っている客が多いので静かである。

「いらっしゃいませ」

という声。

四十歳くらいかと思える女性が、目立つ明るいオレンジ色のスーツ姿で入って来た。奥の席へ行こうとして、

「奥さん」

途中の席に一人でいた男が声をかけた。

「まあ、お隣の……」

二人はちょっと見合っていたが、女性はその男のテーブルについた。

夫が単身赴任でもしているのか、ここへ来た妻が、たまたま隣人と会ってしまったという光景らしい。

二人はアルコールが入ると、まるで恋人同士のような雰囲気になって話し始めた。

「――いらっしゃいませ」

苦虫をかみ潰《つぶ》したような中年男が入って来た。店内をせかせかと見回している。

「お一人様でいらっしゃいますね」

と訊かれて、

「ああ……。うん」

どうやら誰かを捜している様子。

テーブルへ案内される間も、左右をキョロキョロ見回している。

あれが、堺紀美江の相手だろうか？

片山は晴美の方へ目をやった。晴美も同じことを考えていたらしく、片山と目が合ったが、少し待とうという表情で肯いて見せた。

——確かに、十二時ぴったりに待ち合せた相手が来るとは限らない。

その中年男はビールを頼んで、落ちついている風を装ったが、目はめまぐるしく動いて、ちっとも落ちついていないのはすぐ分る。

十二時の待ち合せという男女は多いとみえ、続けて何人かの客が入って来たが、すぐに特定の相手と一緒になった。

そして十五分ほど過ぎたとき、

「いらっしゃいませ」

店に入って来たのは、ごく地味なスーツの女性だった。三十代の後半だろう。

「お一人様で……」

と訊かれると、

「あ……。ちょっと人を待っているんで……」

「ではどうぞ」

奥のテーブルへ案内されて行くその女性は、あの落ちつかない中年男の前を通ろうとして、

「ここだ！」

と、声をかけられ、目をみはった。

「まあ……。何してるんですか？」

「お前こそ何だ！　本当だったんだな！　いつもここで男をあさってたのか！」

「何言ってるんですか？」

「知ってるんだぞ、俺は！　俺に頼ってみせながら、こんな所で男あさりか」

ボーイが寄って来て、

「お声が高いので、お気を付け下さい」

と、注意した。

「何だと？　お前なんかに話しちゃいない。俺はこの女に用があるんだ」

「他のお客様のご迷惑になりますので……」

「知ったことか！　おい、どこへ行く！」

女は知らん顔で奥のテーブルへと足早に向った。

「待て！　おい！」

男は立ち上って怒鳴った。

ボーイが奥の方を見て肯くと、どこからか大柄な男が現われて、大声で騒いでいる男の肩をぐいとつかんだ。

「いてて……。おい！　客に向って何するんだ！」

と、文句を言ったものの、ひきずられるようにして店から出されてしまう。

「放せ！　あいつは俺の女なんだ！」

という声が遠ざかり、聞こえなくなった。

やれやれ……。片山は苦笑した。

「ご迷惑かけて」

と、席についた女性が言った。

「とんでもない」

ボーイはていねいに、「何をお飲みになりますか？」

と訊いた。

――十二時半になる。

片山のテーブルに晴美がやって来た。

「もう待ってもしょうがない？」

「そうだな。何しろ相手が分らないんじゃ」

と、片山は言った。「むだ足だったかな」

席を立ちかけたとき、あの地味なスーツの女性が店のボーイに、

「すみません」

と、声をかけているのが聞こえた。「何か伝言ありませんか？　堺という人から」

片山と晴美は目を見交わした。

訊かれたボーイは調べて、

「――特にございません」

と答えた。

「そうですか……」

その女性はやや落胆したように肯いた。

「当ってみるか」

と、片山は言った。

「デートに誘ってると思われないようにね」

と、晴美は言った。「私が訊く？」

「そうだな。堺紀美江はお前の友だちだ」

「いいわ。待ってて」

晴美は立ち上ると、真直ぐその女性の方へと歩いて行って、

「――失礼ですが」

と、声をかけた。「堺紀美江さんをお待ちですか？」

「え？」

と、ちょっと目を見開いていたが、「あなたは――」

そのとき、照明が消えて真暗になった。

店内がざわつく。

「申し訳ありません！　少々お待ち下さい」

というボーイの声がした。

何秒間くらいだったのか。――真暗な中では、時間の感覚が分らなくなるものだ。

それでも十秒より長くはなかっただろう。チカチカと点滅してから、明りが点いた。

やれやれ、という空気が店内に流れ、しかしそれは長く続かなかった。

「キャッ！」

と、女性客が短く声を上げた。

片山も同時に気付いていた。店の入口の所に男が倒れていたのである。

「――お兄さん！」

と、晴美が言った。

すんだ。

コートが血を吸って、あまり出血がひどくないので、片山もそれほどショックを受けずに
うつ伏せに倒れている男の背中に、ナイフが深々と刺さっていたのだ。

片山はやっと立ち上った。

「うん……。こいつは……」

呆然としているボーイへ、

「一一〇番して！」

と、片山は言った。「僕は刑事だ。みんな落ちついて下さい」

そのひと言が、引金を引いた。

ワッと一斉に客が立ち上ると、出口へと駆け出したのである。

「ちょっと！　店から出ないで――」

と言いかけた片山も、後ろからぶつかられて床に転《ころが》ってしまった。

ドドド、と床を震わせる勢いで、客が次々に店から逃げ出して行った。

「店から出ないで――」

片山はやっと体を起すと、「――下さい」

と言ったときには――もう、店内はほとんど空《から》になってしまっていた。

「お兄さん……」

「参ったな！」

片山は立ち上った。

付合う相手を捜しに来る店。独身の、あるいは既婚の男女が一夜を共にする相手を見付けに……。

「――逃げ出したくなるのは分るわね」

と、晴美は言った。

「しかし……」

「でも、この人、さっき外へ連れ出された人じゃない？」

片山は覗き込んで、

「なるほど、そうらしい」

「じゃ、刺されたのは店の中じゃないわよ、きっと」

あの暗い中ではこれほど正確に刺せないだろう。

「――一一〇番しました」

と、ボーイがやって来た。

「ありがとう。残ったお客はいる？」

あの女性が、席から立ってやって来た。

「それ……辻さんですか」

「辻というんですか、この人?」

女性がかがみ込んで、

「やっぱり……。私の勤め先の課長です」

と言った。「私……いなくちゃいけませんよね」

「お願いします」

と、片山は言った。「捜査一課の片山です。これは妹の晴美」

「ああ……。堺紀美江さんをご存知?」

「友人でした」

「――でした?」

「堺さんは殺されたんです」

「まあ……」

「お話を聞かせて下さい」

と、片山は言った。

5　夜明け

「知っていました」

と、辻の奥さんは言った。

夫の死体を見下ろして、涙も見せず、

「あなた、沖野さんでしょ」

「はい」

「ずっと主人と……。もう何年？」

沖野のぞみは目を伏《ふ》せて、

「三年くらいです」

と言った。「申し訳ありません」

「謝ることないですよ。主人の方が悪いんです」

「はあ……」

「あなたで何人目か。——分らないわ。どうしてこんな人に恋人ができたんでしょ？」

「別れるところでした」

「賢明よ。ただ——うちは生きていかなきゃならない。子供もまだ中学生だし」

辻の妻は、彩子《あやこ》といった。

夫が刺されたと知っても、あまり驚いていない様子だった。

「いつかこんなことになると思ってたわ」

と、彩子は言ってのぞみを見た。

「奥様。私がやったんじゃありません」

と、のぞみは言った。

「いいの、誰がやったのでも。ただ——生命保険が下りるか心配で」

と、彩子は言った……。


「沖野のぞみです」

改めて名のると、バッグから名刺を出して、「こんな所で変ですけど……」

と、片山たちへ差し出した。

もう午前四時を回っていた。

現場が一応片付いて、片山と晴美は、沖野のぞみと一緒に、国道に面したファミレスに入って軽い夜食をとった。

「あの店には初めて？」

と、晴美が訊いた。

「はい。ああいう店だとは知りませんでした」

「あそこで堺紀美江と待ち合せてたんですか？」

「ええ。連絡が取れないんで、ちょっと気にはなっていたんですが」

と、のぞみは言った。「まさか殺されていたなんて……」

「私、高校生のとき、あの子と友だちで」

と、晴美は言った。「堺紀美江とどこで知り合いに？」

「ああ……。就職活動です。短大を出て、勤め先を捜してうちへ……」

「〈Sケミカル〉……ですか」

「はい。営業ですけど、実際に営業に回るというより、内勤が主な女性を募集していて。紀美江さんは、突然訪ねてみえたんです。課長の辻はいなくて、私が相手をしました」

「それで仕事はどうなったんですか？」

「すぐに採用というのは無理だと説明しました。来週選考が行われるはずでした。――課長がこんなことになって、どうなるか分りませんけど」

「それで、紀美江は……」

「とても熱心に色々と訊いて来て……。私、何だか大学生のころの自分を思い出したんです。それで、よかったら、会社の帰りにまた会いましょう、って言って……。その日の夕ご飯を一緒に食べて、あれこれおしゃべりしたんです。とても気が合って。年齢は十五、六も離れているのに、妙ですね」

「もともと少し大人びてました、あの子」

「そうですね。頭のいい子だったと思います」

「優秀でした。私と違って」

夜食に取ったラーメンを食べながら、

「――友だち付合になって、どれくらいですか?」

「三か月くらいでしょうか。そうしばしば会っていたわけじゃないんですが……」

と、のぞみは言った。「そして、あの店に夜中の十二時に、とメールが来て」

「どんな用でした?」

「聞いていませんでした。ともかく、いつもの紀美江さんとどこか違うようで……」

と、のぞみはため息をついて、「殺されたなんて!」

「今夜殺された辻さんですが」

と、片山は言った。「なぜあの店にいたんでしょう」

「見当もつきません」

と、のぞみは首を振って言った。

「あなたが来ると知っていたんですね。あの時の反応は明らかにそうでした」

と、晴美が言った。

「ええ……。でも、信じて下さい。私、あんな店に男を捜しに行ったりしません」

「辻さんが殺されたことで、何か心当りは?」

と、片山が訊く。

「さあ……。関係があったといっても――」

と、のぞみは口ごもって、「あの人を愛していたわけでは……」

「分ります」

と、晴美は肯いて、「他にいなくて、仕方なく、ですね」

「そうです」

女同士、顔を見合せて微笑んだ。

一人、ピンと来ないのは片山だった……。

「でも、分りません」

と、沖野のぞみは首を振って、「辻さんを殺す人がいるなんて」

「みんなに好かれてたんですか？」

と、片山は訊いた。

「いいえ」

と、のぞみは言った。「でも、憎んでいる人がいたのかと思うとふしぎで」

「辻さんが殺されたのは、店の外でしょう」

と、片山は言った。「誰かが待ち伏せしていたのかも」

「どういうことなんでしょう」

と、のぞみは言った。「辻さんがあんな店に来るなんて……。それになぜ堺紀美江さんが殺されたのか」

晴美から、堺紀美江が殺されていた状況を聞くと、

「じゃあ……やっぱり男の人とホテルに？」

「誰か恋人がいたという話は……」

「聞いたことがありません。確かに年齢の離れた友人でしたけど、心を許していないって感じでした」

「堺紀美江さんの身辺を地道に探っていくしかなさそうだな」

と、片山は言った。「問題は今夜の殺人とつながっているのかどうかだ」

「辻さんは紀美江さんのことを知ってたんですか？」

と、晴美が訊いて、「就職活動で会社へ行ったときには辻さんはいなかったんですね」

「そうです。あのとき以外、紀美江さんは会社へ来ていませんから、辻さんは会ったことがないと思いますが……」

「紀美江さんのことを話したこともありませんか？」

「さあ……」

のぞみは首をかしげて、「絶対に、とは言えません。何かの話のついでに、彼女のことを話したかもしれませんが……。でも、連絡先などを教えた記憶はありません」

「じゃ、偶然のことなのかな、二つの事件は」

と、片山はため息をついて、「別々に捜査して行くと、結構大切なことを見落としたりするんだ」

「仕方ないわね。頑張って」

晴美がつつく。それを見て、のぞみはちょっと笑った……。

――三人がファミレスを出ると、辺りはもう大分明るくなっていた。

「週末はお休みですから」

と、のぞみは言って、「あ……。でも、辻さんのこと、知らせないと」

「会社に誰か出てるんですか？」

「いえ、たぶん、ほとんど誰も来ていないと思いますが……。でも、当然TVのニュースにもなりますね。奥さんはたぶん何もしないでしょうから、私が……。一旦帰って寝ます。その後、上司の誰かに連絡をしてみますわ」

「何か思い出したことでもあれば連絡を」

と、片山と晴美はケータイ番号などを伝えて、沖野のぞみと別れた。


アパートに帰ったのは、もうすっかり朝になっていた。

「あら、おはよう」

と、一階の奥さんが出て来たところで、「朝帰りなんて、珍しいじゃない、あなたが」

「ちっともロマンチックな話じゃなくて」

と、のぞみは苦笑した。

「どうかしら。――どう、あのワンちゃんは？」

「あ、そうだ！」

と、のぞみは思わず口に手を当てた。「忘れてたわ。エサをあげないと!」

やはり、まだ飼い慣れていないので、つい忘れてしまうのだ。のぞみはあわてて階段を駆け上った。

玄関のドアを開けて、

「ごめんね! うっかりして——」

と、中へ入ると、すぐ目の前にちょこんと座っていたマリナが尻尾《しっぽ》を振りながら、のぞみに飛びついて来た。

「お腹空いたわね。ごめんね!」

と、しゃがみ込んで頭をなでてやる。

マリナはのぞみの顔に鼻先をくっつけて来たと思うと、その舌でペロペロとなめ始めた。

「こら! ——ちょっと! くすぐったいわよ!」

と、のぞみは笑った。

ああ……。こんなに「帰って来る」ことが楽しいなんて!

のぞみは「自分を誰かが待っていてくれる」ことに、胸が熱くなり、涙ぐみさえしていた。

急いで缶詰を開けて、器にエサを出してやる。マリナは器に鼻を突っ込んで、ワフワフと音をたてながら、凄《すご》い勢いで食べた。

「ほら、急に食べると良くないわよ！　——ゆっくり食べて！」

言いながら、相手は人間じゃないんだわ、と苦笑していた。

一体どうしたんだろう？　今まで犬も猫も、特別可愛いと思ったことはなかったのに。

マリナはエサをきれいに食べてしまうと、部屋の中をタッタッと駆け回った。

「いいわね、あんたは……。会社もないし、殺人事件とも関係ないしね」

のぞみは、やっと自分がまだ着替えもしていなかったことに気が付いた。

マリナは、のぞみが服を脱ぎ始めると、じっと足を止めて見上げていた。

「——何よ。あんた、メスでしょ。私の下着姿なんて見てどうするの？」

もう朝だ。

のぞみには、ゆうべの出来事が夢だったように思えた。

のぞみは少しゆっくりと朝風呂に入った。そして出て来ると、マリナは座布団の上で寝ていた。

それを見たとき、のぞみの脳裏に、広々とした庭にデッキチェアで寛ぐ自分と、その足下を楽しく駆け回るマリナの姿が浮んだ。それは現実の光景のようにはっきりと見えた……。

「そうね。——マリナ、あんたを、もっと広い所で自由に駆け回らせてあげるわ。約束する」

自分のためではない。マリナのため。そう思うと気が楽だったのかもしれない。

のぞみは、押入れの奥から衣裳ケースを引張り出した。

蓋《ふた》を開け、Tシャツやパンツを取り出して布をめくると——。あの一億円が顔を出す。

迷いはなかった。このお金は私のものだ。

会社を辞める。そして、何か小さな店を出そう。

このアパートから、どこか庭のある一軒家へ引越す。そしてマリナと二人、のんびり暮そう……。

「まず、このお金をどうするかね」

こんな押入れに入れておいては、いつ誰に見付かるか分らない。といって、一億円抱えて銀行に預けに行くわけにもいかない……。

札束を前に、のぞみは座り込んで考えた。でも、つい笑みがこぼれる。

ゆうべ一睡もしていなかったのに、少しも眠くなかった……。

すると、「ウォン」と鳴き声がして、マリナがいつの間にやら起き出して、のぞみを見ていた。尻尾をちぎれんばかりに振って、今にものぞみめがけて飛びついて来そうだ。

そのクリッとした瞳を見ると、のぞみはつい笑顔になって、

「ほら！　おいで！」

と、ポンと手を打った。

6　新しい生活

「ほら！　おいで！」

ポンと手を打つと、マリナは聞きつけて、庭の芝生の隅で寝ていたのが、ハッと起き上り、のぞみの方へと、ゴムまりのように弾《はず》みながら走って来た。

マリナの体が宙を飛ぶと、テラスのデッキチェアに横になっていたのぞみのお腹の上に「着地」した。

「こら！　お腹に乗って遊ぶなって！」

のぞみは笑って言った。

マリナは、ひとしきり主人にじゃれつくと、テラスへストンと下りて、器から水を飲んだ。

「いいわね。日射しが柔らかくて……」

と、のぞみは深々と息をした。

傍のテーブルでケータイが鳴り出した。

「――はい。――ええ、夕方には店に行くわ。何かあった？　――そう。先方との契約書、確認しといてね。――うん、よろしく」

のぞみは伸びをした。

「そろそろ仕度するか……」

のぞみが出勤の仕度を始めると、置いて行かれると分っているマリナがつまらなそうな顔になる。

「おとなしく留守番しててね……」

のぞみは寝室のクローゼットからスーツを出して、クイーンサイズのベッドの上に広げた。

化粧も髪型も、手早く済ませる。

「今夜は……何かパーティがあったわね」

バッグを手に取って中身を確かめると、マリナの方へ、「じゃ、行ってくるわね」

と、手を振った。

マリナは玄関までお見送り。

表に出て鍵をかけると、目の前に待っていたハイヤーに、

「ご苦労さま」

と、声をかけて乗り込む。「お店に」

車が夕暮の町を滑るように走り出した。

車の中で、今日の予定を確かめる。

パトカーが一台、サイレンを鳴らしてすれ違って行った。

思い出す。――あの夜のことを。

辻が殺された、あの店。

居合せた刑事さん……。何ていったっけ？

「片山さんだ」

あれから一年たつ。片山刑事の記憶も漠然《ばくぜん》とした印象になりつつある。

でも、背が高くてなで肩で、刑事だからといって偉そうにしていない、やさしい人だった。

堺紀美江と辻が殺された事件。果して何か係《かかわ》りがあったのかどうか。

その後、二つの殺人の捜査が進んでいるのかどうか、のぞみは知らない。新聞やＴＶで何か報道されたのかもしれないが、目につかなかった。

のぞみにも、そんな時間がなかったと言った方が正しいだろう。

あの「一億円」を使って、店を出すことにした。会社を辞めるときは、いささか不安だった。

しかし、運が味方してくれたのである。

のぞみの得意な唯一の料理（?）、クッキーを焼くこと。それを商売にしようと思った。たまたま、同じ様なクッキーの店が、オーナーの急死で店じまいすると知って、オーブンなど一式丸ごと買い取った。

三か月後には店のオープンにこぎつけた。当分は赤字と覚悟していたその小さな店に、TV局の女性アナウンサーがやって来て、

「おいしいお店！」

と、ワイドショーで紹介してくれた。

ワッと客が殺到して味が落ちる——ということだけは避けたかったので、〈予約制〉にした。「もったいぶって」と、客に文句を言われたりもしたが、手抜きはせず、自分一人でクッキーを焼き続けたのだ。

評判になって、店も規模を大きくしなくてはならなくなったが、無理はしない、と決めていた……。

皮肉なもので、なまじ張り切らないことが成功につながったらしい。——今は、もう自分でクッキーを焼かない。料理学校の熱心な生徒を雇って仕込み、同じ味が作れるまで修業させる。

そのやり方がうまく行って、今、店は三軒になった。しかし、どこで買ってもクッキーの

味は変らない。そこには徹底してこだわった……。

「本当にね……」

と、のぞみは呟いた。「こんなにうまく行くなんて……」

――車はホテルGの玄関に着く。

のぞみのクッキー店〈ホープ〉の本店はこのホテルGの地階のアーケードにある。

ロビーを抜けてB1へ下りる。

「あ、先生」

ピンクと淡い水色の内装の店。今も数人の客の対応をしている。

「――ありがとうございました」

客を見送って、「先生、今夜、パーティが」

この店を事実上任されているのは、代々木《よよぎ》杏《あん》、二十四歳である。

のぞみは焼き上ったばかりのクッキーを一つつまんで口に入れた。

「――大丈夫ね」

と肯くと、「杏ちゃん、デパートの話、何か聞いてる?」

「デパートにお店出す話ですね。今はやめといた方が……」

「同感よ。じゃ、断っておくわ」

代々木杏は、のぞみが料理学校から引張って来た生徒である。ふっくらとして、色白の童顔。しかし、ともかく今の仕事が大好きというのが伝わって来る。

「〈予約〉のお客様は？」

「あと一件です。ええと……〈片山様〉」

片山？　――ちょうど片山刑事のことを思い出していたのぞみは、偶然にちょっと笑った。

奥へ入って、パソコンのメールなどをチェックする。いずれ、ネットでの注文も受けることになるだろう……。

「いらっしゃいませ。片山様ですね」

と、杏の声がした。

「この間、買って帰ったのがおいしくて」

「ありがとうございます」

のぞみは、ふと顔を店の方へ向けた。――今の声、どこかで……。

立って出て行くと、

「あ……。片山さん」

「え？　――あ、沖野のぞみさん？」

片山晴美だったのである。

「お久しぶりです」

と、のぞみは言った。

「ここ、のぞみさんのお店？　――あ、『のぞみ』で〈ホープ〉か」

「何とかやっています」

「評判ですよ、ここのクッキー！」

「そうおっしゃって下さると嬉しいです」

と、のぞみは言った。「お兄様はお元気ですか」

「ええ、相変らずです。この後、ホテルのラウンジで兄と待ち合せてます。よろしかったらご一緒に」

「お邪魔じゃありませんか？」

「いいえ、ちっとも！　お店の方が大丈夫なら」

「ええ。杏ちゃん、お願いね」

「はい！」

と、元気よく返事が返って来る。

「すっかり見違えました」

と、晴美は言いながら、のぞみと二人、ロビー階に上るエスカレーターへと向った。

——代々木杏が、テーブルに置いたクレジットカードの伝票をまとめていると、

「あの……」

と、かすかな声がした。

ちょっとの間、空耳かしら、と思ったのだが、振り返ってケースの方を見ると、おずおずと覗き込むように立っている女性がいた。

「いらっしゃいませ」

と、杏が出て行くと、

「あの……こちらは沖野のぞみさんのお店でしょうか？」

六十にはなっているだろうか、顔色の良くない弱々しい感じの女性。髪はほとんど白くなっていた。

「そうですが」

と、杏は肯いて、「先生にご用でしたら、今ちょっと出ていますが」

「いえ、いいんです……」

と、その女性は首を振って、「じゃ……お元気なんですね」

「ええ、とても。——お知り合いですか？」

それには答えず、

「どうも失礼しました」

と、頭を下げて行きかける。

「クッキー、お一ついかがですか？」

と、杏は声をかけた。「今、人気なんですよ！」

女は申し訳なさそうに、

「どうも……。今、ちょっと手持ちがなくて……」

「さし上げますよ。味がお気に召したら、今度お求めになって下さい」

と、杏は小皿にクッキーを二つのせて差し出した。

「はあ……」

恐る恐る一個つまんで口に入れると、ホッと息をつきながら、「まあ……。何ておいしい……」

「ありがとうございます！　もう一個、チョコレート味です」

「じゃあ、遠慮なく……」

と、もう一個を口に入れ、「——何て上品な甘さなんでしょう。すばらしくおいしいわ」

と、小さく何度も肯いた。

「ぜひまたおいで下さい」

杏の声を背に、女は、

「ごちそうさまでした……」

と、呟くように言いながら、少し背中を丸め気味にして歩き去った。

「――誰かしら」

と、杏は呟いてから、足を止めたOLらしい女性に、「いらっしゃいませ！」

と呼びかけた。


「凄いですね」

と、片山義太郎がコーヒーを飲みながら、「いや、妹の買って来たクッキーを一個つまんで、ちょっとショックを受けました」

「大げさです」

と、のぞみは笑って、「まだスタートしたばかりですわ」

「もっとショックだったのは、次の日帰ったら、もうクッキーが一つも残っていなかったことです」

と、片山が言った。

す」

「いつまで言ってるの」

と、晴美が兄をつついて、「石津刑事さんが来て、十分足らずで全部食べてしまったんで

「何も全部食べることはない」

「ちゃんと今日は別に買ったわよ、石津さんの分を」

のぞみは紅茶を飲みながら、

「お店を開くので忙しかったのでよく知らないんですけど、あの事件はその後、どうなったんですか？」

と訊いた。

片山と晴美はちょっと顔を見合せた。

「いや、言いにくいんですが、どっちも行き詰《づ》まったままで」

と、片山は言った。「一応それぞれ別の犯人の犯行として捜査したんですが、どっちの場合も、物的な手掛りがほとんどなくて、動機のありそうな人間を捜しました。しかし、どっちもこれという容疑者が浮ばなくて……」

「もう一年ですね」

「ええ。――むろん、捜査は続けています。根気が第一ですからね」

「辻さんは色々女性関係が？」

「何人か当りましたが、別れた後、今さら殺すという理由も見当らず……」

「私が一番怪しかったでしょうか」

「でも、沖野さんには殺せませんでしたわ」

と、晴美は言った。「何しろ私たちも一緒だったんですから」

「そうですね。――辻さんの奥さんやお子さんはどうなさっているでしょう？　ご存知ですか」

「奥さんはご実家へ帰られています。むろんお子さんを連れて」

「そうですか」

のぞみは肯いて、「時々思い出すと気になっていたので……。そう伺って安心しました」

そこへ、

「先生！」

と、代々木杏が急ぎ足でやって来た。

「杏ちゃん、どうしたの？」

「今、お店にみえた女の方が、エスカレーターの前で倒れて」

「お客様？」

「それが――先生のことをご存知だったような……」

「行くわ。救急車は？」

「フロントの人に頼みました」

片山たちも腰を上げて、

「一緒に行きましょう」

と言った。

――片山たちはエスカレーターでＢ１に下りた。

そのすぐそばに髪の白いやせた女が倒れている。人が何人か集まっていた。

「杏ちゃん、誰かフロントの人、呼んで来て。救急車が来るまで放っとくわけには……」

と、のぞみはその女のそばにしゃがみ込んだ。

晴美が女の脈をみて、

「大丈夫。脈はしっかりしています」

と言った。

「ご存知の方ですか？」

と、片山が言った。

「さあ……。あんまり憶えが――」

と言ってから、その女の顔をじっと覗き込んでいたのぞみは短く声を上げた。

「まあ！　――針山さんだわ！」

あのアパートにいた、針山紘子だったのである。


「目がさめました？」

と、沖野のぞみは声をかけた。

「あの……」

と、かすれた声で、「ここは……どこでしょう？」

「病院ですよ」

「病院……。お医者様ですか」

「違います。沖野のぞみです。アパートでご一緒だった」

「ああ……。ごめんなさい。目がぼんやりかすんで……。よく分らない」

「いいんですよ。ゆっくり休んで。入院の手続はしてありますからね」

「はあ。でも……」

と言いかけて、やっと針山紘子ははっきりとのぞみを見て、「まあ！　何てすてきになられて」

「大したことありませんよ」

と、のぞみは、紘子の手を軽く握った。「たまたまラッキーだったんです」

「週刊誌のグラビアにお写真が……。それでお店へ行ってみたんです。そしたら……」

「救急車の中で、『クッキーが』と、何度か言ってましたよ」

「恥ずかしいわ。お店でクッキーを二個いただいて食べたら、急に目が回って……」

「とりあえず貧血だそうですから、おとなしく寝てて下さい。お医者さんは明日、ゆっくり時間をかけて検査をすると言ってます」

「でも、どうしてこんな……」

「放っておけないじゃありませんか」

と、のぞみは言った。「マリナのためにも」

「マリナ……。あの子はどうしてます？」

紘子の目が輝いた。

「元気に駆け回っています」

というのぞみの言葉に、

「そうですか……。本当に、何とお礼を言ったらいいのか……」

と、紘子は目を潤《うる》ませた。「私は、あなたにずいぶん辛く当ったのに……」

「そんな昔のことを」

と、のぞみは笑った。「でも——針山さん、刑務所に?」

「ええ。つい二、三日前に出所したんです。行く所もなくて……」

「大変でしたね。ここの費用は心配しないで、ゆっくり休んで下さい」

「でも、そこまでしていただいては申し訳ないですわ」

「いいんです」

のぞみは紘子の手をやさしくさすって、「それより早く良くなって、マリナに会って下さいな」

「ありがとう……」

と、声を詰まらせ、「あの子も幸せです」

「いいえ、逆に私の方がマリナに幸せにしてもらっていますよ」

と、のぞみは言った。「マリナがいなかったら、クッキーの店を始めるなんて、考えなかったでしょう」

「マリナ……。私を憶えているかしら……」

と、紘子は天井を見上げて呟いた。

のぞみは、明日また来ると言って、病室を出た。

針山紘子が弱々しく、老けてしまっているのが、見ていても辛いようだった。

病院を出ると、もう夜も遅くなっている。

タクシーを停めて、ホテルGへと向った。

ケータイで、店を任せてある代々木杏にかけた。

「もしもし。何か変ったことは？」

「特にありません」

と、杏が言った。「時間通りにお店、閉めましたけど」

「もちろんいいのよ、それで」

と、のぞみは言った。「店には戻らずに帰るわ。明日、またね」

「はい！　あの、さっきの倒れた人は大丈夫でしたか？」

「ええ、検査のために入院することになったわ」

「そうですか。よかった」

と、杏は言って、「では、おやすみなさい」

「おやすみ。お疲れさま」

「そうだ。先生、クッキーの形が少し悪いのを、除《の》けてあります。いただいて帰ってもいいですか？」

「もちろん。じゃ、明日」

通話を切ると、ケータイをバッグに入れようとしたが、またケータイが鳴りだしたのだ。

「――誰かしら。――もしもし？」

公衆電話からかけて来ている。

のぞみは、

「もしもし？　どなた？」

と、くり返したが、向うは黙っている。

いたずらか。そう思って切ろうとしたとき、「――切りますよ」

「一、億円」

男の声が言った。

のぞみは、しばらく言葉が出なかったが、

「――誰なの？」

と訊いた。

男の声は、

「一億円を忘れるな」

と言って、切れた。

のぞみは、今になって血の気のひくのが分った。

一億円を忘れるな。——もちろん、忘れたことはない。

いつか、ある日突然、警察に逮捕される夢を何度も見た。

しかし、あれから何事もなく一年が過ぎてしまう中、少しずつ不安は薄らいでいた。もちろん、あの一億円が天から降って来たわけではなく、「誰かのもの」だったのは確かだ。

でも、一年もたった今?

そして相手はのぞみのケータイ番号を知っているのだ。

のぞみは、今の仕事を拡張する途中で、ケータイも仕事用と個人用に分けて持つようになり、また番号を変えてもいる。

それなのに……。男はのぞみの個人用ケータイへかけて来た。

「お客さん、どうかしましたか?」

と、運転手が訊いて来た。

「え? ——あ、いえ、何ともないの」

そんなに青ざめていただろうか?

そうだ。真直ぐ帰宅するつもりだったが、やはりホテルGへ寄ろう……。

のぞみは今、少し時間が必要だった……。

7　暗　雲

ホテルGに着くと、のぞみはまだ開いていたカフェレストランに入った。

ちゃんとした食事はしていない。それでいいと思っていたが、今は気持を落ちつかせないといけない。

「――まだコースメニュー、頼める？」

「もちろんです」

ここに店を出しているのだから、のぞみは常連である。

スープ、サラダ、ステーキ……。

自分でも呆れるほど、きちんと平らげて行った。その間に、少しずつ立ち直って来る。

何か手を打つ必要があるだろうか？

といって、相手が何を考えているか分らないのでは、どうしようもない。脅迫か？　しかし誰が、なぜ？

「冷静に……。よく考えるんだわ」

と、自分へ言い聞かせる。

あの一億円の現金は、半分に少し欠けるくらい、まだ残っていた。もちろん、今は銀行の貸金庫に眠っている。

このホテルの中の店舗を買い受け、今の仕事をスタートさせるのに、まとまった金額が必要だった。

しかし、今は他の店も含めて、充分に利益が出ているので、もしも、

「あの一億円を即座に返せ」

と言われたら、返すことはできる。

しかし、向うの要求は、おそらくそんな単純なことではないだろう。それなら、一年もたってから連絡して来た意味は？

仕方ない。——ともかく今は向うがどう言って来るか、待つしかない。

——のぞみは、デザートまできれいに平らげて、顔なじみのウエイトレスに、

「おいしかったわ」

と、ニッコリ笑って言うだけの余裕さえあったのである……。

食事をした後、のぞみは店に行ってみた。

今は、この店の中にいると、自室にいるのと同じように落ちつく。

明りを点けて、きちんと片付けられた店の中を見回す。その点、代々木杏はしっかり仕事をしてくれる。

のぞみは、注文を記録したノートをパラパラとめくった。

すると、店の電話が鳴り出したのである。

ちょっと迷ったが、予感のようなものがあった。

「——はい、〈ホープ〉でございます」

と、出てみると、やはり向うはしばらく何も言わなかった。

待っていると、

「机の引出しを開けろ」

と、男の声が言った。

電気的に加工してある声だ。

「誰なんですか？　名のったらどうですか」

のぞみは強い口調で言ったが、相手は、

「机の引出しを開けろ」

と、くり返した。

仕方なく引出しを開けてみた。——見覚えのない白い封筒が入っている。

「この封筒のことですか」

取り出すと、中に手紙が入っている手ざわりだった。封がしてある。

「その封筒を、明日のパーティに持って行け」

「明日のパーティ？」

「S会館での〈経済人会〉だ」

招《よ》ばれているのは事実だ。しかし、なぜ知っているのだろう？

「そのパーティで、封筒をS電化工業の社長、水上壮一《みなかみそういち》のポケットへ入れろ」

のぞみは一瞬絶句した。S電化の水上は、もちろん〈ホープ〉のような個人の商店主と、同じ経営者でも、レベルが何桁《なんけた》も違う。

しかし、あるパーティにのぞみが提供したクッキーを気に入ってくれて、以来何かと声をかけてくれる。

「これは何ですか？」

「お前は知らなくていい。ただの手紙だ」

「でも——」

「水上に気付かれないように入れるんだ。いいな」

と、男は言った。「一億円のことを忘れるな」

「ですが――。待って！　もしもし！」

電話は切れた。

のぞみは受話器を戻すと、その白封筒をしばらく眺めていた。しっかり封がしてあり、封筒も厚手の紙で、光に透かしても中身は分らない。

水上のポケットにこれを？

のぞみは、机に置いた白封筒を、しばらくじっと見つめて、動かなかった……。


いささか場違いなのは確かだった。

――S会館は、企業のパーティが多いので、今もロビーにいるのはスーツにネクタイというスタイルがほとんど。

片山たち――晴美とホームズ、それに石津も加えた四人組は、S会館のロビーに入り、ちょっとの間、ロビーの中を見回していた。

すると、ビジネスマンのグループから一人抜け出して来た、スーツ姿の中年女性、

「片山さん！　よくいらして下さって」

と、勢いよく歩いて来て、片山と握手した。

「どうも」

と、片山は言った。「お言葉通り、ゾロゾロやって来ましたが……」

「ええ、嬉しいわ！　晴美さん、石津さん、それにホームズ！　その節は本当にお世話になって」

「いえ、任務ですから……」

「娘にとっては命の恩人ですもの！　さ、どうぞ」

「はあ……」

片山としてはいささか気が咎《とが》める。

――この女性、本郷光代《ほんごうみつよ》は〈Hホームズ〉という住宅建材を扱う会社のオーナー社長である。今、五十歳だが、今日も元気一杯のオーラを発している。

一人っ子の真美《まみ》、十六歳が誘拐《ゆうかい》されて、身代金一億円を要求されたのは半年ほど前のことだ。たまたま真美を知っていた晴美を通じて片山に、

「娘を助け出して！」

と訴えられた。

一億円は払うから、ともかく無事に娘を取り戻して、という頼みだった。

片山としては、刑事という立場でしか行動できない。——しかし、結局通報より早く、晴美とホームズが、本郷家に住み込んでいたお手伝いの女性が犯人と通じていたことを突き止めて、無事に娘を救出したのである。

本郷光代はシングルマザーで、真美も十六歳としてはしっかりした娘だ。

今日の「ご招待」は、そのお礼。——石津も力になったので、

「いくらでも自由に食べられる」

パーティに招んでくれた、というわけだった。

「さあ、どうぞ」

エレベーターで上ると、正面に受付がある。

「片山さんたちの受付は済ませてありますから、中に入って下さいな」

と、本郷光代は言った。「私は色々挨拶する人もいるので、また」

「どうも……」

「ニャー」

と、ホームズも礼を言った(?)。

「いや、昼を抜いて、備えて来ましたから！」

石津はポキポキ指を鳴らして、まるでケンカにでも行くよう。

「あんまりみっともない真似はするなよ」

と、片山は石津に言った。

パーティ会場は、まだそれほど人がいなくて、閑散としている。

「パーティが始まってからでないと食べられないんですよね」

と、石津が言った。

「当り前だろ」

「石津さん、パーティ始まっても、スピーチとかあるから、すぐには無理よ。乾杯の後だから」

「分ってます!」

と、石津も胸を張って、「ただ、OKになったとき、すぐ食べられるように、人気のありそうな料理の近くにいます」

石津は、場内の視察に行った。

「やれやれ……」

と、片山がため息をつく。

そこへ、

「片山さん!」

と、駆けて来たのは、淡いピンクのドレスを来た少女——真美だった。

「やあ、元気だね」

「ええ！　凄く元気」

何だか体の中から若さが弾けているようだった。

「真美ちゃん、背が伸びたんじゃない？」

と、晴美が言った。

「はい」

と、真美はコックリ肯いて、「背だけじゃなくて、胸も大きくなったんだけど、片山さん気が付かない？」

「そんな……。ジロジロ見てやしないよ」

「何なら触ってみる？」

片山は咳払《せきばら》いして、

「大人をからかっちゃいけないよ」

「お兄さん、赤くなってるわよ」

「お前まで何だ」

と、片山は晴美をにらんだ。

ホームズが足下で「ニャオ」と鳴き、真美はしゃがみ込んで、

「ホームズ！　よく来てくれたわね！　私の命の恩人！　いえ、恩猫ね！」

と、抱き上げて頰《ほお》ずりした。

ホームズはいささか迷惑そうな顔をしていたが……。

「おや、真美ちゃんの猫？」

と、やって来たのは、スラリと長身の中年紳士で、垢抜《あかぬ》けした雰囲気である。

「あ、水上さん。――この三毛猫、ホームズっていうの。私のじゃないけど、縁があって」

真美が片山たちを紹介すると、

「ほう、あなたが。本郷さんからお話は伺ってます」

水上壮一は〈S電化工業〉社長の名刺を片山に渡した。

「水上さん、お母さんが会いたがってた」

「ああ、僕の方も話がある。どこかな？」

と、水上は周囲を見回した。

いつの間にか、会場は大分人が増えていた。

「私、捜しましょうか？」

「いや、適当に捜すよ」

と、水上は言って、片山たちに会釈すると客たちの間に紛れて行った。

「すてきな人でしょ?」

と、真美は言った。「私、大好きなの! 片山さんの次にね」

「気をつかってくれなくてもいいよ」

「でも、最近ちょっと疲れてるみたい」

と、真美は心配そうに言った。

「そうね。目に生気がなかったわ」

と、晴美が言った。

「ねえ? 私もそう思ってるんだけど……。あ、〈ホープ〉のクッキー!」

真美は、近くのテーブルに置かれたクッキーを見付けると、急いでいくつか皿にのせて来て、

「このクッキー、おいしいのよ!」

と、片山たちに勧めた。

「〈ホープ〉のクッキーって言った?」

と、晴美が訊く。

「ええ! 凄くおいしいの!」

「知ってるわ、〈ホープ〉の沖野のぞみさんのこと」

「え？　そうなんだ！　今夜もパーティに来ると思う」

「あら、沖野のぞみさんが？」

「ええ、うちのお母さんとも仲いいんです」

と、真美は言って、「クッキーを提供してくれてるの」

「なるほど……」

確かに、片山も水上を見たときは、どこかどんよりと淀《よど》んだものが感じられた。

ホームズも、水上がいなくなった方向をじっと見ている。

ホームズも何か感じているようで、真美の腕の中からスルリと抜け出して、テーブルの上に乗って、人々を眺めていた……。

パーティが始まって、何人かのスピーチがあったが、思ったより手短に終り、

「乾杯！」

がすんで、いよいよ、

「しばらくお食事とご歓談を」

と、司会者が言った。

待ち構えていた石津は、真先にお寿司のコーナーの二番目に並んでいた。

「石津より食いしん坊がいるんだ」

と、片山は感心していた。

「お兄さんも食べたら？」

と、晴美が言った。

人をかき分けて、本郷光代がやって来ると、

「片山さん、召し上ってね。こういうパーティは、アルコールばっかり、って人が多いの。料理はどうせ余るのよ」

「もったいない」

と、晴美は首を振って、「それじゃ、せっかくだからいただきます」

「どうぞどうぞ」

と、光代は微笑んだ。「真美には会いました？」

「ええ、さっき」

と、晴美が言うと、当の真美がやって来た。

「お母さん！　どこうろついてたの？」

「何よ、人聞きの悪い」

「水上さんが捜してた」

「そう?　じゃ、見付けるわ」

「石津さん、食べてる?」

と、真美が愉快そうに言った。

「もちろん」

と、晴美はウインクして見せた。「――ホームズにも何か取ってあげるわね」

「ニャー」

ホームズは一応返事したが、さして気がある風でもなく、欠伸《あくび》などしている。

「嬉しそうにするのはプライドに係るんだ」

と、片山が笑って言った。「じゃあ、何から食べようかな」

その時、真美が、

「あ、沖野さんだ!　のぞみさん!」

と、ピョンと飛び上って手を振る。

こういう動作がさまになるのは、十代の間だと片山は思った。

「――真美ちゃん、珍しいわね。パーティに来るなんて」

と、沖野のぞみはやって来ると、片山たちに気付いて、なぜかハッとした様子だった。

「片山さん……。どうしてここに?」

「私の命の恩人なの」

と、真美が言った。

「まあ」

「詳しいこと知りたい？　パーティの後で付合ってくれたら、じっくり話してあげる」

「それはぜひ聞かないとね」

のぞみはいつもの愛想のいい笑顔に戻っていた。「お母さんは？」

「うん、水上さんを探しに行った」

「ああ……。水上さん、みえてるのね」

「もちろん。でなきゃ、私ここに来てない」

と、真美は言った。「抜群にすてきじゃない、水上さん」

「そうね、確かに。じゃ、私も光代さんを探すわ。――片山さん、それじゃ」

「ずいぶんびっくりしてたな」

と、のぞみを見送って片山は言った。

「そりゃそうでしょ。まさか、こんなパーティに刑事が来るなんて思わないわよ」

と、晴美は言って、「さ、食べよう！」と、指をポキポキ鳴らした。

「おい、石津と似て来たんじゃないのか？」

片山は本気で心配していた……。

とても会場が混んでいて、水上さんを見付けられなかったんです。

のぞみは、頭の中で言いわけを考えていた。

水上さんは、パーティにちょっと顔を出しただけで、他の約束があって帰ってしまっていたんです。私が着いたときには、もう……。

のぞみは、人波の切れ目に、水上と本郷光代の姿を見付けていた。

こんな時に限って……。

のぞみが声をかける間もなく、光代がのぞみに気付いて手を振った。

のぞみは微笑んで、

「どうも……」

「いつも、おいしいクッキーを提供していただいてありがとう」

「とんでもない」

「凄く人気があるのよ！　何気なくあのクッキーをつまんだお客様が、『これはどこで売ってるんだ？』って訊いてこられるの」

「ありがたいですわ」

のぞみは何とか笑顔を作った。

「やあ、来たね」

水上壮一がやって来て、手を差し出す。のぞみは、その手を握るのに一瞬ためらった……。

「いつもお世話になって」

と、のぞみは言った。

「おいおい、いやに他人行儀だね」

と、水上は笑って、「さてはこのパーティに彼氏でも来てるのか？」

「からかわないで下さい」

「今来たの？　何か飲めよ。大丈夫だろ、少しぐらい酔っ払っても。僕がちゃんと送り届けてやる」

「いえ。私はウーロン茶で」

「そうか。おい、君！　ウーロン茶を」

お願い。お願い。誰かが水上さんを捕まえて、ずっとくっついていてくれますように。それとも、光代さんが一緒にいて、私があの封筒を水上さんのポケットに入れる機会を奪ってくれますように！

「あ、そうだ」

と、光代が誰かを見付けて、「ちょっとごめんなさい。仕事の話があるの。のぞみさん、水上さんのお相手してててね」

止める間もなく、光代は人々の間に紛れてしまった。

そう。——これは避けられないことだったんだ。

のぞみはバッグの口を開けた。白い封筒は間違いなくそこにあった。

「何か食べるかい?」

と、水上が訊く。

「いえ……。お昼が遅かったので」

水上はパーティ会場の入口辺りに、人があわただしく出入りしているのに目を止めた。

「そろそろ来るんだな」

「どなたかみえるんですか?」

「うん。——成川茂文《なりかわしげふみ》さ」

「成川……。あの都知事候補の?」

「そう。幹事が成川の高校の同窓生なんだ。古い付合らしくてね」

「そうですか……。人気がありますね」

「次の都知事はまず間違いなく成川だろう。何といっても、若くて知的で人気もある」

成川茂文は確か四十八歳だったか。のぞみは実物を見たことはないが、このところTVのニュースなどで顔を見ることが多い。

若いころ海外に留学して、英語とフランス語が自由に話せる。アメリカの大学で仕込まれて、スピーチが巧みで、ユーモアもあり、見た目も爽《さわ》やかだ。

入口辺りで拍手が起った。

「——皆様！　本日のスペシャルゲストの登場です。成川茂文さんが、おいで下さいました！」

司会者が、やや上ずった声で言った。ほとんどの客は知らなかったようで、場内から、一斉に「オーッ」というどよめきが湧《わ》き起った。

カメラのフラッシュが光る。

みんなの視線が、入口の方へ向いた。

今。——今がチャンスだ。

のぞみはバッグから白封筒を取り出すと、グラスを手に、少し伸び上って入口の方を見ている水上の上着のポケットへ、それを滑り込ませた。そして、そのままその場から離れた。

心臓が高鳴っている。あの中身は何だったのだろう？

でも——そうだわ。水上さんのような、強い人が、ちょっとした脅迫状か何かぐらいで動揺するはずがない。

きっと、笑って破り捨ててしまうだろう。——のぞみは、水上の視界に入らない辺りでじっと様子をうかがっていた。

「では、ご多忙の中、おいでいただいた成川様に、早速ひと言ご挨拶をお願いしたいと思います！」

司会者の言葉に、盛大な拍手が起る。

壇上のマイクの前に立った成川は、TVで見る通りの爽やかな印象だった。

「成川です。——おい、せめて一杯飲ませてからにしてくれよ」

と言って笑わせ、グラスをもらって一口飲むと、「——ウーロン茶か。酔って失言しないようにというお気づかいかな？」

現役の都知事が、高齢なのに酔って暴言を吐き、話題になっているのを皮肉ったのである。

会場は再び笑いに包まれた。

のぞみは、水上がポケットに何か入っているのに気付くのを見て、緊張した。

水上はグラスをテーブルに置くと、あの白封筒を取り出した。ちょっと小首をかしげて、封を切る。

のぞみは、手紙らしいものを水上が広げるのを見た。むろん、何が書いてあるのかは、全く分らない。

固唾《かたず》を呑んで見守っていると、水上は表情一つ変えずに、手紙をたたんで封筒に戻した。

のぞみはホッとした。

結局、大したことじゃなかったんだ。

水上は封筒をポケットに入れると、スッと人々の間に姿を消した。電話でもかけに行ったのだろうか。

気が楽になって、のぞみは息をつくと、改めて成川のスピーチに耳を傾けた。

分りやすい言葉、理論的な展開、ユーモア。——どれを取っても、日本の政治家に欠けているものだ。

成川に人気が集まるのもよく分った。

のぞみは、飲物を取って、一気に飲み干した。むろんアルコールではない。

その時、水上が人々の間を抜けて、成川が話している壇へと近付いて行くのが目に入った……。

「物好きだな、全く!」

と、片山は苦笑した。

「だって、カッコイイじゃない」

と、真美は目を輝かせている。

成川茂文が現われたので、真美が、

「ね、もっとそばで見よう！」

と、片山の手をつかんで引張って来た。

片山たちは、成川がスピーチしている壇のすぐ脇にいた。

「——頭が切れるわね」

いつの間にやら、晴美も来ていた。足下にはホームズが。

「ぜひ次の都知事になってほしいわ」

と、真美は言った。「もうお年寄は飽き飽きした」

「そうね。政治家も世代交替してくれないと」

と、晴美が肯き、ホームズも足下で「ニャン」と同意した。

「あ、水上さんだ」

と、真美が言った。「やっぱりミーハーなのかしら」

片山は、ちょっと妙だなと思った。

水上が人を押しのけるようにして、成川のすぐ前に出て来た。その行動が、紳士の水上らしくないという気がしたのである。

「――ともあれ、日本の経済はひと握りの大企業が支えているのではありません」

と、成川が言った。「無数の中小企業があってこその日本経済です。どの企業も健全な経営ができるようにするのが、政治の役目です……」

拍手が起って、それは波のように場内に広まって行った。

だが――片山は目を疑った。

水上が上着の下から拳銃を取り出し、銃口を正面の成川へ向けたのである。

「危い！」

駆け出す余裕もなかった。

次の瞬間、鋭い銃声が響き、成川がマイクの前に崩れるように倒れた。
二、三秒の沈黙。そして――片山は駆け出した。
水上が銃口を自分のこめかみへ当てる。

「よせ！」

と、片山は叫んだ。

片山より早く、ホームズが床をけって飛んだ。水上の拳銃を握った右手に飛びつく。

もう一発の銃声。

水上がよろけて、床に倒れた。

会場が大騒ぎになった。

「晴美！　救急車！」

片山は叫んだ。「石津はどこだ！」

一斉に客たちが出口へと殺到する。

片山は、成川のそばに膝をついた。

「お兄さん」

「どうした？」

「今、通報した。ここのお医者が――」

「客の中に医者がいるだろう。マイクで呼びかけろ！」

「分った！」

晴美は場内の騒ぎに負けない声で、「お医者さんがいらしたら、壇上へ来て下さい！」

と呼んだ。

混乱の中、二人の男性がやって来た。

「どういうことです？」

「分りません。撃たれたんです。お一人はそっちを見て下さい」

片山が水上を指す。

石津が客をかき分けてやって来た。

「片山さん！」

「拳銃を確保しろ！」

「はい」

——客がまばらになり、残ったのは数十人だった。

「こんなことってないよ！」

と、泣き出しそうにして、真美が立ちつくしている。

「どうして？　どうして水上さんが？」

真美のそばに母親の本郷光代がやって来て、そっと肩を抱いた。

成川を診《み》ていた医者は首を振って、

「もう亡くなっている。手の施《ほどこ》しようはありません」

と言った。

「そうですか。——心臓に命中していますからね」

片山も諦《あきら》めていた。立ち上ると、すぐ目の前に倒れている水上の方へ目をやった。

もう一人の医者が、水上の心臓に耳を当てている。

「どうですか」

と、片山が訊くと、

「うん。こちらは大丈夫。助かりますよ」

「じゃあ──」

「意識はありませんが、命に別状はないでしょう」

「良かった。ホームズ、やったな」

水上が自分のこめかみに銃口を当てて、引金を引く一瞬前に、ホームズはその手に飛びついていた。弾丸は頭をかすめはしたが、命取りにならずにすんだのである。

「でも──大変ね」

と、晴美が嘆息した。「せっかく新しいタイプの政治家として期待されてたのに」

「おそらく、その分だけ邪魔に思う人間がいたんだろう」

と、片山は言った。

真美が声を殺して泣き出していた。

8　暗殺者

ロビーは人で溢《あふ》れ返っていた。

大部分はTV局や新聞社などの報道陣、そして捜査関係者だった。

その人数と騒ぎの大きさは、片山たちの想像を遥《はる》かに超えていた。

「あんな中にいたら、踏み潰されちゃうよ。ね、ホームズ」

晴美はホームズを抱えて、ロビーの奥のソファへと「避難」して来た。

――成川茂文が射殺された。

それは正に「大ニュース」で、今、宴会場フロアのロビーでは、マイクを片手にしたリポーターがあちこちでカメラに向ってコメントしたり、パーティに出ていた客を捕まえてインタビューしたりしていた。

しかし、正にその場に居合わせた片山や晴美たちは、捜査関係者ということもあるが、ほとんど透明人間と化していた。

晴美はソファにかけようとして、隅の柱のかげに立っている女性に気付いた。

「——のぞみさん？」

と呼びかけると、沖野のぞみが振り向いて、

「ああ……。晴美さん」

「何してるんですか、そんな所で？」

「別に……。ただ、騒ぎに巻き込まれたくなくって」

「ああ、そうですよね」

と、晴美は肯いて、「ここなら大丈夫ですよ。座りません？」

「ええ……」

のぞみはソファにぐったりと身を沈めた。

「——大変なことでしたね」

と、晴美は言った。

「本当に……。あの、水上さんは？」

「もちろん、病院へ搬送されました。重傷ですけど、命は取りとめるって……」

「でも——自殺しようとしたんですね」

「そうです。死んでしまったら、なぜ成川さんを殺したのか、背後に何か組織の関与がある

のかどうか、何も分らないままになってしまうところですから」

「本当に……怖いこと」

「水上さんのこと、よくご存知ですか？」

「多少は」

「成川さんのことで、何か言っていましたか？」

「いえ……。聞いたことがありません」

——ロビーを埋める人々が急にざわついた。

「何かあったのかしら？」

と、ざわめく様子に、沖野のぞみはソファから腰を浮かした。

「見て来ましょう」

と、晴美は言った。「一人で大丈夫ですか？」

「ええ。ここにいます」

晴美は、パーティ会場の方へとホームズと共に向った。片山が立っている。

「お兄さん——」

「ああ。どうした？」

「沖野さんがあっちに。——何かあったの？」

報道陣が会場の入口に集まっている。中は殺人現場なので入れない。

「今、成川茂文の奥さんが来たんだ」

「それで騒いでるのね」

確か成川の妻は心理学者で、どこかの大学教授だ。マスコミにも時々登場する女性だった。

「片山さん」

中にいた石津がやって来て、「中で呼んでます」

「分った」

片山は肯いて、「じゃ、一緒に入ろう」

「ええ」

晴美とホームズも一緒に会場へと入る。

むろん、今は客の姿もなく閑散としている。

演壇の上にはまだ成川の死体があって、布をかけられている。その傍《かたわら》に、明るいすみれ色のスーツを着た女性が立っていて、それが妻だろうと思われた。

「――片山です。この度は……」

「成川の妻、文乃《あやの》です」

やや青ざめてはいるが、涙は見せていない。取り乱した様子もなく、名刺を出した。

〈M学院大学　教授　成川文乃〉

とある。

「あの——主人が殺されたとき、居合せたのは、あなたでしょうか」

と訊いて来る。

「そうです」

「すみませんが、その時の詳しい事情を伺いたいのです」

「はあ。——あ、これは妹とホームズです。捜査に協力してくれるので——」

「ああ！　存じてます。三毛猫のホームズさんですね」

と、成川文乃は肯いて、身をかがめると、

「お噂はかねがね」

と言いながら、ホームズの前肢《まえあし》と「握手」した。

いかにも知的な雰囲気を漂《ただよ》わせた、整った容貌《ようぼう》の女性である。

片山の話を、文乃は黙って聞いていた。固く唇を結んで、動揺を見せない。

話が終ると、文乃は、

「ありがとうございました」

と、ていねいに礼を言った。

「いえ……。この目で見ていながら止められず、申し訳ありません」

文乃は、ちょっと片山を見つめて、

「刑事さんには珍しいタイプの方ですね」と言った。「刑事さんは、まず『組織の一員』という意識の方が多いですけど、片山さんは個人として話して下さって」

「まあ……落ちこぼれの刑事なので」

「そうそう」

と、晴美が肯く。「でも、本当に残念です。成川さんが新しい政治家の姿を見せて下さるのを期待していたんですけど」

「ありがとうございます。主人が聞いたら喜ぶでしょう。もう聞けないけど……」

文乃は初めて声を詰まらせた。

「撃った水上壮一のことはご存知ですか」

と、片山が訊く。

「どこかの社長さんですね。主人はどうだったか分りませんが、私はお会いした記憶はありません」

「何か――脅迫のようなものは？」

「それは年中です。いちいち取り合っていられないので、主人も全く気にしていませんでしたの」

「特に命を狙うような予告とか……」

「日に五、六通は『殺す』という脅迫状が来ていましたね」

と、文乃は言った。

「その手紙などは取ってありますか？」

「いえ、残念ですが――。主人が何か特に別にしてあれば……。でも、そういう話を耳にしたことはありません」

「そうですか。もちろん、犯人ははっきりしているわけですが」

「でも、とてもそういうことをしそうには見えない人でした」

と、晴美が言った。「あ、もちろん人は心の中で何を考えているか分らないものですけど、私が言ったのは、このパーティの中で、ということです」

「確かに、人を殺して自分も死のうというんだから、多少は態度に現われてもいいと思いますが、そんな気配が感じられなかったんです」

と、片山は言った。「ともかく、今病院で手当を受けています。取り調べれば、動機などがはっきりするでしょう」

「背景に何らかの組織が係っていたかどうか、知りたいですわ」

と、文乃は言った。「自殺を止めて下さって、ありがとうございました」

「いや……」

片山としては、暗殺そのものを止められなかったことで後悔せざるを得ない。

そこへ、石津がやって来て、

「片山さん、もう運び出していいってことです」

「おい」

「──あ、すみません」

と、石津は文乃に気付いて、あわてて謝った。

「いいえ。検死解剖なさるんですね」

「そういうことになります」

文乃は布に覆われた夫の死体を見下ろしていたが、スッとしゃがみ込み、布をそっとめくると、夫の額《ひたい》に唇を触れた。

「あなた。──ありがとう」

と、囁《ささや》きかけて、立ち上り、「マスコミの方々は外ですか」

「会場を出たところに大勢」

「参りましょう」

背筋を真直ぐに伸して、出口へと歩き出す。

するとそこへ、バタバタと駆け込んで来たパンツスーツの若い女性。

「入らないで！」

と、刑事が追いかけて来たが、

「その人は主人の秘書です」

と、文乃が言った。

「奥様……。こんなことって……」

丸顔で、全体にちょっと太めの、洗練とはほど遠い感じだった。今にも泣き出しそうだ。

「令子《れいこ》さん。仕方ないわ。こんなこともあるわよ」

「でも……。私がおそばについていれば……。先生は『パーティを出るときに呼ぶから』と
おっしゃって……。でも、私がおそばにいたら、代りに撃たれてさし上げたのに……」

「何を言ってるの！　これは誰にも止められなかったのよ」

文乃が慰めても、その女性は布に覆われた死体を見ただけで、ワッと泣き出してしまった。

文乃は片山の方へ、

「高浜《たかはま》令子といって、主人の秘書です。とてもよくやってくれています」

そして、秘書の肩を叩くと、「涙を拭いて。あなたに頼みたいことがあるの」と言った。

――会場を出ると、たちまちTVカメラやマイクが文乃に向って押し寄せて来た。

「皆さん」

と、文乃はよく通る声で言った。「申し上げたいことがあります」

そしてザッと左右を見回すと、

「夫、成川茂文は撃たれて死にました。都知事選に立つと決めたときから、成川はある程度危険は覚悟していたと思います。死ぬ瞬間にも、自分がして来たことを後悔していなかったでしょう」

と、はっきりした口調で言った。「私は今、この会場の中で、撃たれて倒れている夫を見ていて決心しました。志半ばで倒れた夫に代り、私、成川文乃が都知事選に立候補いたします」

一瞬、取材陣がどよめいた。堂々として、しかも冷静に判断しての発言であることははっきりしていた。

「詳しくは改めて会見を開きます」

と、文乃は言って、「夫を見送りますので……」

運び出されて行く夫に、文乃は一礼した。

「――令子さん」

と、傍にひかえていた高浜令子の方を向くと、「私の立候補に力を貸してね」

「はい！」

令子は顔を紅潮させて、「力の限り、お手伝いします、奥様！」

「行きましょう」

文乃は令子の肩を抱いて言った。

そして行きかけると、ふと足を止め、振り向いて、

「片山さんとおっしゃったわね」

「はあ」

「改めて、ゆっくりお話を」

「承知しました」

文乃が秘書の令子と一緒に立ち去ると、

「――みごとなもんね」

と、晴美が首を振って、「ただ夫の代役ってことじゃなくて、奥さん自身、立派にやって行けそう」

「そうだな」

「ニャー」

　ホームズも同感（？）らしかった。

　報道陣が、〈成川氏の未亡人、立候補へ！〉というニュースを一斉に送っている内に、片山たちはその場を離れた。

「あの凶器の拳銃の出所を調べるんだ」

　と、片山は石津へ言った。

「了解しました」

「——片山さん」

　立っていたのは、本郷光代と娘の真美だった。

「ああ。いたんですか」

「とんでもない所に居合せたわね」

　と、光代は言った。「それにしても……」

「おかしいよ！」

　と、真美が怒ったように言った。

「真美ちゃん——」

「水上さんがあんなことするなんて！　絶対おかしい！」

「あなたがそう言ったって……」

「片山さん、お願い」

と、真美は進み出て、「真相を突き止めてね。本当の犯人がいるはずだもん」

「うん、分ってるよ」

「真相を明らかにしてくれたら、私、片山さんにキスしてあげる」

真美の言葉に、片山はただ、目を丸くしているばかりだった。

9　候補者

〈成川文乃へ告ぐ！

お前の亭主は非国民の売国奴《ばいこくど》だった。死んで当然の男だった。

そいつの代りにお前が立候補する。予言しておく。お前は亭主と同じ運命を辿《たど》ることになるだろう。

今からでも遅くない。立候補を取り止めれば、命は助けてやる。その若さで死ぬのは惜しくないか。

闇将軍〉

片山はその手紙を読んで、向いのソファの成川文乃を見た。

「これはいつ来たんですか？」

「三日前です。郵送でなく、マンションのポストに入れてありました」

片山は、ため息をついて、

「もっと早く知らせていただけると――」

と言いかけたが、

「分っています」

と、文乃は遮って、「でも、考えて下さい。今は大変な時なんです。ポスターも作り直さなくてはいけないし、主人の応援をしてくれていた方たちを回って、引き続き私のことを支援していただきたい、とお願いもしなくてはならず……。ともかく大変でした」

「分りますが……。命を大切になさって下さい」

と、片山は言って、改めて手紙を見直した。

それは手書きの文面だった。

「これはお預りして行きます」

と、片山は手紙を元通りにたたんだ。「封筒は――」

「すみません。捨ててしまいました。というか、他の郵便物と一緒になって、どれがどれやら分らなくなってしまいましたの」

文乃は、むしろ愉《たの》しそうに言った。

片山は苦笑して、

「あまり怖がっておられないようですね」

「すみません」

と、文乃は微笑んで、「立候補する以上、命の危険はいつもあると思っています。そういう手紙にいちいち怯《おび》えていては、選挙運動などやっていられませんわ」

何とも腹の据《す》わった女性だと片山は感心していた。

「もちろん、この手紙も単なるいたずらかもしれませんが……。用心に越したことはありません。必ず身辺を警護する人間を置いて下さい」

と、片山は言った。

〈成川文乃選挙事務所〉は、オフィスビルの一画に置かれている。教室二つ分ほどで、学生ボランティアや運動員たちがズラッと並んで仕事をしていた。

片山は、文乃に呼ばれて、初めて足を踏み入れたのだったが、若い世代の多いその事務所は、活気に溢れていた。

「どうぞ」

事務所の隅にソファを置いた、接客用スペースで、片山たちは話をしていた。コーヒーを出してくれたのは、元、夫の秘書だった高浜令子である。

「ありがとう」

と、片山は言って、令子を見上げた。

頑張ってるね、とでも言おうとしたのだったが——。

何だか、高浜令子はひどく疲れている様子だった。顔に表情がなくて、目もどこを見ているか分らない。

一礼して行ってしまう令子を見送って片山は、

「ずいぶん疲れてるようですね」

と言った。

「そうなんです。——どうも、主人が撃たれたとき、そばにいなかったことで、まだ自分を責めているようで……」

文乃は、気がかりな様子で令子の方へ目をやったが、「でも、仕事はきちんとこなしてくれていますし、本当に大変な時期になったら、きっと元気を取り戻してくれるでしょう」

常に物事をプラスの方向で捉《とら》える文乃に、片山はいささか羨《うらやま》しいような思いを抱いた。

「ところで、この手紙の差出人の〈闇将軍〉というのに心当りは？」

「いえ、一向に」

と、文乃は首を振って、「何だかふざけた名ですよね。時代劇にでも出て来そう」

「こちらでも調べてみましょう。これまでにこういう名前を名のった人間がいるかどうか。

でも、ともかく用心して下さいよ」

「ありがとう」

と、文乃は言った。「あの、主人を撃った人の方はどうですの?」

「水上ですね。治療は続けていますが、意識がはっきりしないんです。銃弾は脳そのものは傷つけていないので、記憶などにも問題ないだろうと医者は言ってるんですが……」

「よろしくお願いします。殺された理由も分らないのでは、主人も可哀そうですから」

「使われた銃の出所を探っています。水上のような経営者が、なぜ拳銃を持っていたのか疑問ですし」

片山は腰を上げて、「では、何かあったら、いつでも連絡して下さい」

「何かあったときは、もうご連絡できないかもしれませんけどね」

「それは……」

「ごめんなさい」

と、文乃は微笑んで、「片山さんをいじめるつもりはありませんの。ただ——今の警察は、身を守るすべを持たない人々に冷たい気がします。片山さんのような刑事さんばかりならいいんでしょうけど」

片山としても、文乃の言葉を否定できないのが辛いところだ。

「警察は事件が起きなければ動けない。その一方で、無害なデモを『何か起すかもしれない』と取り締る。目を向ける先を間違っているのじゃないでしょうか」

と、文乃は言って、「また、つい演説してしまいましたね」

「肝《きも》に銘じておきます」

片山は神妙に言って、「ではこれで」

「片山さん」

「何か？」

「一度、お食事に付合って下さいな」

文乃の言葉に、片山は面食らった。


チャイムのような音と共に、掲示板に〈65〉という数字が浮かび上った。

晴美は手の中の札《ふだ》を見下ろした。もちろんわざわざ見なくても分っているのだ。札の番号は〈85〉。あと二十人だ。

それでもこの銀行に入った時は「四十人待ち」だったから、大分進んだのである。

「本当に混んでるわね、銀行って！」

と、晴美は思わず呟いた。

「ニャー」

と、傍に置いたバッグの中で、ホームズが同意する。

午後三時の閉店まであと十分ほどだった。そのせいで混んでいるということもあったろう。

掲示板の数字が、〈66〉〈67〉〈68〉と一気に進んで〈70〉になった。

「いいぞ。――この分なら、そう待たないかもしれないわね」

晴美は生活費を下ろしに来たのだった。

バッグでホームズが退屈しながら欠伸をしている。

午後三時。店内には、まだ十数人の客が残っていて、掲示板の数字はやっと〈80〉に達していた。

正面のシャッターが閉る。

そのときだった。

バタバタッと足音がして、ジーンズの男が二人、散弾銃を手に店内へ駆け込んで来ると、

「誰も動くな！」

と怒鳴った。「けがをするぞ！　みんなおとなしくしてろ！」

銀行強盗？――晴美は呆気に取られて、怖いより何より、「これって本当のこと？」という思いが強かったのである。

男たちはスカーフで顔を隠していた。といっても目から下だけだが。

銀行の案内係の男性が、ポカンとして突っ立っていたが、

「あの……」

と、おずおずと声をかけた。「どういうご用でしょうか?」

「ふざけるな!」

と、一人が散弾銃の銃口を案内係へ向けた。

「いえ、ふざけているわけでは……」

「銀行に押し入って、ラーメン注文するか? ありったけの現金を出せ!」

二挺《ちょう》の銃を前にしては、逆らわない方がいい。――戸惑っている様子の客たちも、やっとこれが現実の出来事だと分ったようだ。

「早くしろ!」

と、強盗は怒鳴ったが、銀行側にしっかり対応する人間がいなくて、ただオロオロするばかり。

「こいつを殺すぞ!」

と、苛立《いらだ》った一人が、座っていた女性の腕をつかんで立たせると、銃口をその頭へくっつけて、「金を詰めろ!」

「撃たないで！」

と、運の悪い女性は両手を上げて、「早くお金を出して！」

と叫んだ。

「――幸子？」

晴美はその女性を見て、びっくりした。あの堺紀美江が殺されたときに出会った、高校の同級生、双葉幸子だ。

少し離れた所に座っていたので気付かなかったのである。

「早くしないと、本当に撃ち殺すぞ！」

強盗はかなり苛立っている。

「あの……お金は何に入れればよろしいので？」

と、案内係が訊いた。

「何でもいい！　何か袋ぐらいないのか！」

「じゃ、すぐに……。でも、銀行の名前の入った手さげ袋しかありませんが」

「そんな物、持って歩けるか！」

そのとき、旅行用のスーツケースをガラガラと引いて来ていた中年の女性が、

「これ、よかったら使って」

と言った。「中身、出すから」

「よし、空にして、中に金を詰めろ！　急げ！」

当然、非常警報は警察へ伝わっているだろう。この二、三分が勝負だ。

「手もとにある分だけでいい！　ぐずぐずするな！」

晴美は、二人の内、怒鳴っているのが一人だけだということに気付いていた。

もう一人は無言で、散弾銃を構えているだけだ。――そう、もしかして、あの体つきは、女かもしれない。

ホームズの方へ目をやると、目が合って、ホームズも同じことを考え﹅て﹅いるのが分った。

毛糸のスキー帽をかぶっている。

でも、あれは……。

見たところ、まだ若い女だろう。そう逞しい体つきでもない。

散弾銃は、ともかく重いものだ。それを、いとも軽そうに持っているのだ。

あれは本物じゃないわ。モデルガンに色を塗ったのではないか。

もちろん、怒鳴っている男の方が手にしているのは、どう見ても本物﹅。

本物を持っている人間を怒らせるのは、危険この上ない。

そのとき、銃を突きつけられている幸子が、晴美に気付いたのである。

幸子は晴美を見て目を見開いた。

晴美は身振りで、幸子に何も言うなと分らせようとした。

幸子に散弾銃を突きつけている男は、かなり苛立っている。何かちょっとでも思いがけないことが起れば、頭に血が上ってとんでもないことをやりかねなかった。

しかし、晴美の気持は伝わらなかった。

幸子は晴美の方へ、

「晴美！　助けてよ！」

と叫んだのである。「あんたのお兄さん、刑事でしょ！　何とかしてよ！」

「何だと？」

男は幸子の言葉に周囲を見回して、「そいつはどこだ！」

「あ――あそこにいるのが、私の友だちで、刑事の妹――」

やめてよ、幸子！

しかし、男は銃口を晴美の方へ向けていた。

「邪魔しやがると殺すぞ！」

「邪魔しません」

と、晴美は両手を上げて、「でも、引金引かないで！　人を傷つけたら大変よ」

スーツケースに現金を詰めるのは、はかどらなかった。

「硬貨はどうしましょう?」

「馬鹿! 重くてかなわねえ。札だけだ!」

と、男がカウンターの方を見て言った。

その瞬間、バッグの中からホームズが飛び出した。男はホームズがその右手に飛びついて爪《つめ》を立てるまで、全く気付かなかった。

「危い!」

もう一人が叫んだ。女の声だ。

「いてえ!」

男が散弾銃を取り落とした。ホームズはさらに男の頭の上に飛び乗って、スキー帽を引張って外した。顔を隠していたスカーフが、スキー帽と一緒に落ちた。

晴美は、女の持っている散弾銃が本物でないということに賭《か》けた。男が落とした散弾銃に向って飛びつくと、力一杯遠くに放り投げた。

「この野郎!」

男は声を上げたが、スカーフが落ちて顔を隠さなければならないので、晴美をどうすることもできない。

「逃げるのよ！」

と、女の方が言った。「裏口から、早く！」

「金をどうする」

「そんなこと言ってられない！　早く！」

男はためらいを振り切るように、銀行の〈閉店後出口〉という矢印の方へと駈け出して行った。正面はすでにシャッターが閉っている。

「追いかけないで！」

と、晴美は立ち上って言った。「けがをしてはいけません。後は警察に任せて下さい」

「あの……ありがとうございました」

と、女性の行員がカウンターの中から出て来ると、言った。「どうなることかと……」

「警察へは連絡を？」

「非常通報のボタンを押してあります」

「じゃ、すぐ来るでしょう。ともかく、みんな無事で良かったわ」

「晴美、サンキュー」

双葉幸子が、床にペタッと座り込んだまま言った。

「大丈夫？　あんな大声で言わなくたって」

「つい、口から出ちゃったのよ……。ああ、手、貸して。腰が抜けて……」

晴美は苦笑して、幸子の手を取った。

「ああ……。ありがとう」

幸子はカウンターにもたれて、「死ぬかと思った」

「下手すればね。幸子、何の用で？」

「お金、下ろしに来たの。明日出張なんで」

カウンターの中で電話が鳴って、女性行員が出た。

「——は？　——ええ、強盗が入ったんです。——いえ、ついさっき逃げましたけど。——そうですか。　どうも」

「どうしたんですか？」

と、晴美が訊くと、

「警察からで、『非常通報のベルが鳴りましたけど、何かありましたか』ですって」

晴美は愕然《がくぜん》とした……。

「誤動作が多いから、本当だと思わなかったそうだ」

と、片山が渋い顔で言った。

「それにしたって……。何のための通報装置なの？」

晴美はまだ頭に血が上っている。

——襲われた銀行へ、晴美の知らせを聞いて、片山と石津も駆けつけて来たのである。

「困ったもんだな」

と、片山は首を振って、「成川文乃さんにも言われたけど、最近の警察はおかしい」

「他人事《ひとごと》みたいに言わないで」

「分ってるよ。——もう犯人はこの辺をウロウロしちゃいないだろうな」

「いるわけないでしょ」

と、晴美は冷ややかに言った。

「——晴美、じゃ私、行くね。仕事があるの」

と、幸子がバッグを手に言った。

「うん、何か訊くことがあれば連絡する」

「ありがとう。——それじゃ」

幸子が裏の出口から出て行く。

「この散弾銃、本物ですけど、弾丸が入ってませんよ」

石津が言った。

「弾丸、入ってなかったの？　そうと知ってりゃ……」

と、晴美が床にかがみ込んで、散弾銃にそっと手を触れた。

すると、そこへホームズが歩いて来て、晴美の手に鼻先をくっつけた。

「なあに、どうしたの、ホームズ？」

ホームズが晴美のてのひらをペロリとなめた。「——ちょっと！　ザラついてるわよ」

「ニャー……」

と、ホームズが鳴く。

「てのひら？」

晴美はちょっと眉を寄せて、「待ってよ……」

「どうかしたのか」

「何か気になることが……。てのひらのことで……」

晴美はゆっくりとホームズの方へ目をやった。「ホームズ……。まさかあんた……」

「ニャー」

やっと分った？　というように鳴く。

「どうした？」

「さっきの……幸子、腰抜かしたって言ったんで、手を取って立たせてやったんだけど」

「それが？」

「幸子のてのひら、少しも汗かいてなかったわ」

「——それで？」

「恐ろしい思いをしたはずよ。銃を突きつけられて。でも、てのひらは乾いてた」

「汗かくと決ったものでもないだろ」

「確かにね。でも、ああして騒いでたけど、その割に落ちついてた」

「お前の友だちだろ？」

「高校時代のことよ。——もし、幸子があの銃に弾丸が入ってないって知ってたとしたら……」

「何だって？」

「幸子……」

と、晴美は呟いた。

タクシーが走り出すと、双葉幸子はバッグからケータイを取り出した。

「——もしもし。大丈夫？　今どこにいるの？」

と訊いて、「——そう。それならもう大丈夫ね。——ええ、仕方ないわよ。あの片山晴美って、兄は捜査一課の刑事でね」

と、小声になって、

「妹も、刑事顔負けなの。あなたも分ったでしょうけどね」

幸子は微笑んで、「ツイてなかったわね。しょうがない。あんな偶然もあるのよ。――そう。次の機会を待ちましょう」

通話を切ると、幸子はホッと息をついて、外の風景へぼんやりと目をやっていた……。

10 祝福

「失礼ですが、沖野さんでは？」

と言われて、沖野のぞみは足を止めた。

振り向くと、いかにも「お休みの日のサラリーマン」という感じの男性が立っていた。

確かに、どこかで会ったことがある、という気がしたが、さて、誰だったか……。

ジャンパーをはおってジーンズをはいているが、ちょっとお腹が出て、脚もあまり長くないので、似合っているとは言いがたい。しかし、その笑顔はいかにも人当りが良くて――。

「沖野ですけど、失礼ですが……」

「憶えてらっしゃらないですよね、もちろん。〈Sケミカル〉に出入りさせていただいてた清原です」

「ああ！　あの清原さん。憶えてるわ。まあ、こんな所で」

殺された辻課長の所へよく通って来ていて、辻と親しかった記憶がある。

て――」

と、清原は肯いて、「突然お声をかけてすみません。沖野さん、クッキーのお店を出され
「ええ」

「今日はお休み？」

「まあ、知ってるの？」

「週刊誌やTVで、〈時の人〉ですからね。最初見たときは、どこかでお見かけしたかな、って思ったんですが、その内思い出して。いや、大したもんですね」

「運が良かっただけよ」

と、のぞみは微笑んで、「今日はお買物？」

デパートの特売場だった。のぞみは、このデパートから、「ぜひ地階にお店を出して下さい」と頼まれていて、平日の午後、デパート内の様子を見に来たのだった。

〈特売〉や〈限定セール〉という文字についひかれてやって来るのぞみである。

そこへ、ふっくらした童顔の女性が、赤ちゃんを抱いてやって来ると、清原に、

「オムツ、換えたわ」

と言って、のぞみを見た。

清原が、

「あ、こちらは以前、仕事先でお世話になった沖野さん。ほら、クッキーのお店で大当りした方だ」

「まあ！　お目にかかれるなんて」

「沖野さん、妻の信忍です」

「まあ、どうも。——赤ちゃんが？」

「ええ、まだ三か月なんです。娘で、沙也《さや》といいます」

「おめでとう。知らなかったわ！」

無邪気《むじゃき》に笑っている赤ちゃんを見て、のぞみもつい笑顔になる。

「いや、私たちも出会ってすぐに結婚してしまったんで」

と、清原は少し照れたように言ったが、「それにしても……。あのとき辻課長さんがあんなことに……」

「辻さん？　——ええ、そうだったわね」

「仲人をお願いしてたんですよ、辻課長さんに。そしたら、あんなことになってしまって」

「辻さんに仲人を？　——そうだったの」

それはやめておいた方が良かったわよ、とのぞみは心の中で言った。そして、

「私、ちょっと用があるので。お元気でね」

「どうもお引き止めして」

「いいえ。それでは」

のぞみは清原の妻の方へ会釈して、エスカレーターへと向った。

思いがけず、辻の名前を聞いて重苦しい気持になっていた。あのとき、なぜ辻が自分をあの店へ捜しに来たのか、そしてなぜ殺されたのか……。

すべては謎のまま、多忙な日常の中に埋れようとしていた。

そして、今ののぞみは、あの成川茂文を水上が射殺した事件に悩んでいた。

正体不明の「声」に命じられて、白い封筒を水上のポケットへ入れた。その直後、水上は成川を殺してしまった……。

いくら否定しようとしても、あの封筒の中身が水上にあんなことをさせたとしか考えられない。だが、そんなことが可能だろうか？

水上は一命を取り止めたものの、意識が戻ってからも何も憶えていないらしく、自分の名前さえ分らない状態だという。

水上に何が起ったのか？　のぞみは、恐怖を覚えながらも、片山刑事にすべてを打ち明けることはできなかった。

あまりに漠然とした話だし、打ち明けようとすれば、一億円のことも話さなければならない。

「私のためじゃない。——そうだわ、マリナを捨てるわけにいかないもの」

そう自分に言い聞かせた。

成功している〈ホープ〉のこと、むろん雇っている人たちのこと、楽しみにして下さっているお客様のこと……。

「今はだめだわ。今はまだ……」

エスカレーターで一階に下りて行きながら、のぞみはそう呟いた。

今はまだ？　でも、いつなら話せるのか？

いくら言いわけしても、のぞみの奥底には自分が成川を殺すことに係った、という思いがくすぶっていた。


「お帰りなさい」

ホテルＧの〈ホープ〉にのぞみが戻ると、代々木杏が言った。「お客様です」

「いらっしゃいませ」

と言ってから、「まあ、晴美さん！」

片山晴美が支払いをしているところだったのである。

「どうも」

と、晴美は微笑んで、「お忙しそうですね。デパートにお店を?」

「杏ちゃんがしゃべったのね」

と、笑ってにらむと杏がちょっと舌を出す。

「あちこちからお誘いはいただいてるんですけどね」

と、のぞみは言った。「毎日納品しなきゃいけないとなると大変ですし、一つのデパートに入れて他へ入れないとも言いにくいし……」

「先生は欲がないから」

と、杏は言った。

「欲は大ありよ。でも、結局味が落ちて、お客が離れて行ったら、元も子もないわ」

「のぞみさんの意見、正しいと思いますよ」

と、晴美は肯いた。

「先方には『もう少し考えさせて下さい』って言っといたわ」

と、のぞみはショーケースの内側に入ると、「何か伝言は?」

「いえ、特に」

杏はいくつかの包みを紙袋へ入れて、「いつもありがとうございます」

と、晴美へ渡した。

「そうそう。この間、銀行強盗を追っ払ったって、晴美さんのことですね」

と、のぞみは思い出して言った。

「あれですか。たまたま居合せて」

「でも凄いですね。強盗から散弾銃を奪ってノックアウトしたんですって?」

「凄い話になってますね」

晴美は苦笑して、「ノックアウトまではしてません。逃げちゃったんですから。それに私だけじゃなくて、ホームズのおかげなんです」

と弁解(?)していると、ケータイが鳴った。

「何だろ。——もしもし」

と、晴美は出ると、「お兄さん、どうしたの? ——え? 知らないよ。本当? やった!」

晴美は飛び上らんばかりにして、のぞみの方へ、

「成川文乃さん、都知事に当選確実ですって!」

「まあ、奥さんが……」

と、のぞみは呟くように言った。

「——もしもし。今、〈ホープ〉にクッキー買いに来て、のぞみさんと会ってるの」

と、晴美は言った。「ええ、後でゆっくりお祝いを言いましょうね。——え?」

兄の話を聞いて、晴美はちょっと笑うと、

「そんなこと知らないわよ。向うだって当分忙しいんじゃないの。——うん、それじゃ」

「片山さんがどうかしたんですか」

「いいえ、成川文乃さんから、当選したら夕食を付合ってくれって言われてたんです。もちろん、特別意味があるわけじゃないですけどね」

と、晴美は紙袋を手に、「じゃ、私、これから約束があるので、これで」

「ありがとうございました」

と、のぞみは言って、「——お兄様によろしくお伝え下さい」

「伝えます。では」

晴美が足早に立ち去ると、

「いいですね、颯爽《さつそう》としてて」

と、杏が感心した様子で言った。

「本当ね」

——成川の未亡人が当選。のぞみは、少し救われた思いがした。

もちろん殺された成川が生き返ってくるわけではないが、少なくとも彼の志は夫人の中に生き続けるだろう……。

「――あ、そうだ」

と、杏が言った。「すみません、忘れてました」

と、エプロンのポケットからクシャクシャになったメモを取り出した。

「何なの？」

「ええと……高浜令子さんって人からです」

「高浜さん？　ああ、成川さんの秘書よ」

「そうなんですか！　二時間くらい前に電話があって」

「私に？　何の用かしら」

「さあ。――先生が戻ったら、この番号にお電話下さい、って」

渡されたメモを広げて、

「ケータイの番号ね。何のご用か言ってなかったの？」

「ええ、何も」

「分ったわ。かけてみる」

奥の部屋へ入って、のぞみは机の上の電話で、そのケータイへかけた。

なかなか出ない。――「当選確実」が出て、今は大騒ぎだろう。後でかけ直そうか。

そう思ったとき、

「もしもし」

と向うが出た。

「あ、高浜さんですか。私、沖野のぞみです。さっきお電話をいただいたとか……」

「はあ」

高浜令子は、何だか気の抜けたような声を出して、「お電話を……」

「そちらへかけるようにと伝言を。――もしもし?」

切れてしまった。――のぞみは首をかしげて、

「何かしら……」

と呟いた。

まあ、ともかく選挙が終って放心状態かもしれない。のぞみは肩をすくめて、

「用があれば、またかけて来るわね」

と言って、受話器を置いた。

「もしもし、片山です」

のんびりした口調が聞こえてくる。

「お仕事中、すみません。成川文乃です」

少し間があって、

「あ！　――どうも！　おめでとうございます！」

と、片山があわてた様子で「いや、まさか……。今、大変でしょう？」

「これから記者会見です」

と、文乃は言った。「大変なのは、この後ですわ」

「まあ、確かに。でも、良かったですね。妹にもさっき電話しました」

「お電話したのは、約束を果していただくためです」

「はあ……」

「お忘れ？　当選したら、お食事に付合って下さるという約束でしたよ」

「いや、憶えてますよ！　でも、しばらくはお忙しいでしょうし……」

「ご飯くらい食べますわ」

と、文乃は笑って、「明晩はいかが？」

「明晩というと――明日の晩ですか」

片山は当り前のことを言って、「分りました。僕は大丈夫ですが……」

「では、七時にホテルGのロビーで」

「ホテルGですね。承知しました」

「楽しみにしてますわ」

「こちらこそ……」

文乃は通話を切ると、微笑んだ。あの刑事さん、きっと、どうしたらいいかと悩んでいることだろう。

文乃は、個人のオフィスに一人でいた。もちろん今は選挙のためのスタッフが大勢待っている。

すると、ドアが開いた。

「ああ、令子さん」

と、文乃は入って来た高浜令子へ、「お疲れさま。大変だったわね、あなた」

「先生……」

令子はどこか気が抜けたような様子で、「すみませんが、ちょっとお休みをいただいていいでしょうか」

「ええ、もちろんよ！　どこか温泉にでも行って、のんびりして来るといいわ。費用は私が持つから」

「いえ、そんなことでも……」

「明日から休む？」

「できれば、今日、今から休ませていただければ……」

「記者会見ぐらい見て行ってよ。ね？　一緒に戦ったんじゃないの」

「はい……」

「ちょっと覗いてくれればいいのよ。そのまま帰って」

「はい」

令子は小さく頭を下げた。

「じゃ、行くわ」

と、文乃は背筋を伸すと、部屋を出て行こうとした。

「先生」

と、令子が声をかけた。「ではこれで……」

「はい、お疲れさま」

令子は、記者会見の席へと向う文乃の後ろ姿をじっと見送っていた……。

11　特別の夜

「お帰りなさいませ」

　のぞみが玄関前で車を降りると、ドアが中から開いて、地味なセーターとスカートにエプロンをつけた女性が出迎える。

「ただいま」

　のぞみは靴を脱いで上ると、「ご苦労さま」

「すぐお食事になさいますか？」

「そうね。――着替えたら食事に」

「かしこまりました」

　のぞみは苦笑して、

「紘子さん、そんな口きかないで。そんな大邸宅に住んでるわけじゃないんだから」

「でも、ご主人様はご主人様です」

針山紘子である。

退院した紘子を、のぞみは自分の家で雇うことにしたのだ。

「マリナはどうしてる？」

と、のぞみは訊いた。

「はい、さっきも元気に庭を走り回っていました」

「でも、良かったわね。あなたのこともちゃんと憶えてて」

「ええ、涙がこぼれました」

と、紘子が肯く。

退院して、この家へやって来たとき、紘子は懐しいマリナを見て、立ちすくんでしまった。

マリナがそっぽを向いて行ってしまったらどうしよう？　それとも、「怪しい奴」だと思って吠《ほ》えかかられたら……。

しかし、初めの内こそ、よく分らない様子で紘子を眺めていたマリナだったが、その内タッタと紘子の足下に走り寄って、以前のように甘えた声を出しながら、鼻先をこすりつけて来たのである。

紘子は泣きながらマリナを抱きしめてしまった……。

――夕食をとっていると、ケータイの鳴るのが聞こえた。

「お持ちします」

と、紘子が急いで取って来る。

「――もしもし」

「沖野のぞみさんですか？」

「はい」

「成川文乃です」

「あ、どうも。――どうも、おめでとうございます」

「突然ごめんなさい。急に思い立ったものだから」

「はあ」

「私の選挙事務所で働いてくれたボランティアの若い人たちがいるの。何かお礼をと思ってね。主人がお宅のクッキーをとても好きだったので、みんなに配ろうと思って。五十くらいですけど、何日かかかるかしら？」

成川茂文のことを考えて、のぞみは一瞬詰まったが、

「あの……詰め合せのようなもので？　それでしたら、一日あれば充分に」

「それはありがたいわ。じゃ、明後日のお昼ごろまでにお願いします」

のぞみは急いで注文の詳細を聞いてメモすると、

「そういえば——。秘書の方、高浜さんでしたかしら」

「ええ。高浜令子が何か?」

「いえ、あの——お電話をいただいたようなんです、お店に。そのご注文のお話だったたんでしょうか」

「いいえ、クッキーのことは私がたった今思い付いたことですからね。何の用か言わなかったたんですか?」

のぞみが、伝言に従ってかけたことを説明して、

「——何もおっしゃらずに切ってしまわれたので。特にご用でなければいいんですけど」

「おかしいわね。令子さんが用もないのにあなたへ電話するなんて」

と、文乃は言って、「実は今日からお休みをくれと言って……。選挙が終ってくたびれたんだろうと思って。もちろん、本当にくたびれていたでしょうけどね」

「じゃ、今はいらっしゃらないんですね」

「ええ。令子さんのケータイに、ちょっと用があって、さっきかけたんですが、つながらなくて。——おかしいわね」

「いえ、大したことじゃないんですから。きっと疲れてぼんやりなさっていたんでしょう」

「そうね。何か連絡があれば、訊いておきます」

「よろしくお願いします。ではご注文の方は間違いなく承りました」

――のぞみは通話が切れると、ちょっと首をかしげた。

「何か心配ごとでも？」

と、紘子に訊かれて、

「何でもないの。さ、食べてしまって、マリナと遊びましょ」

気を取り直して、のぞみは言った。


「あ……。この病院」

足を止めて、真美は言った。

「どうしたの？」

連れの友だちが振り返って、「具合悪いの？」

「そうじゃないよ」

と、真美は苦笑して、「ちょっと知ってる人が入院してるんだ」

「へえ」

本郷真美は、友だちと映画を見て、夕食をとって帰るところだった。偶然この病院の前を通ったのである。

水上壮一がここに入院していることは、母本郷光代から聞いていた。

「ね、先に帰って」

と、真美は言った。「ちょっとお見舞して行く」

「分った。じゃあね」

「うん、また」

真美は病院の玄関を入った。――まだ外来の待合室には人が残っている。

「水上さん……」

憧《あこが》れの的だった水上壮一が、なぜ突然殺人者になったのか。真美は目の前で見ていながら、今も納得できなかった。

水上はまだ自分のことも分らないという話だ。――真美は、受付に行って水上のことを訊いたが、

「面会はできません」

と断られた。

何といっても、成川茂文を殺したのだ。当然断られると思っていた。しかし、ここで諦めたくない。

といって、総合病院で中は広い。勝手に捜すというのは……。

「ね、ちょっと」

と、声をかけられて振り向く。

肩から重そうなバッグをさげた、パンツスーツの女性である。

「私ですか？」

「今、受付で水上壮一のことを訊いてたでしょ。聞こえたの」

「ええ」

「知り合い？」

「あなたは？」

「私、こういう者なの」

と、名刺を渡される。

〈ライター　森《もり》やよい〉とある。

「週刊誌や雑誌に原稿書いてるの」

「はあ……」

「水上壮一の一件、どうも妙よね。色々訊いて回ったけど、水上は政治的な活動なんかやってなかったっていうじゃないの」

「水上さんは人殺しをするような人じゃありません」

「よく知ってるの？」

「ええ。母も親しかったし。――私、あの現場で、事件を見てました。でも、信じられないんです」

「まあ！　じゃ、あのパーティに出ていたの？」

「ええ」

「ね、詳しい話、聞かせて。そしたら、水上の入院してる病室がどこか、教えてあげる」

「本当に？」

「もちろんよ。でも、私じゃ取材も断られてしまう。あなたなら、怪しまれないで近付けるわ」

森やよいのまくし立てるような口調には、どこか今一つ信用していいかどうか、迷うところがあったが――。

「分りました」

と、真美は肯いて、「じゃ、どこでお話を？」

「外へ出たところにコーヒーショップがあるわ」

と、森やよいは、真美の肩に手をかけて、「行きましょう」

と促した。

エレベーターに乗ると、森やよいは〈7〉を押した。

「八階じゃないんですか、水上さんの病室」

と、本郷真美が言った。

「そうよ。でも、八階でエレベーター降りたら目に付くでしょ。だから一つ下の階で降りて、階段で上るの」

「はあ……」

さすがに取材慣れしている、と真美は感心した。

エレベーターが上って行く。

「でも、水上さん、記憶を失ってるとかって……」

「本当だかどうだか、怪しいもんよ。もし本当でも、直接取材して分ったことなら、具体的に書けるわ」

と、やよいは言った。「写真も撮れるしね」

「でも、病室、見張られてるんじゃ？」

「何とかなるわよ。二人いりゃ大丈夫」

やよいはニヤッと笑った。「さ、七階よ」

である。エレベーターを降りると、二人は階段の方へと廊下を辿った。階段には人影がなくて静か

「——さて、どこかしら」

八階に上ると、やよいは案内板を見て、「〈8015〉だから……。こっちね。——あれだわ」

廊下に椅子を置いて、男が腰をおろし、週刊誌を読んでいる。

「あれ、刑事だわ。あの目の前が水上壮一の病室ね」

「どうするんですか?」

「あなた、お芝居できる?」

「芝居……ですか」

「そう。あの刑事のそばで、急にお腹が痛くなった、ってうずくまって呻《うめ》いて」

「そんなこと……。やったことないです」

「そんなに難しくないわよ。ね、やってみりゃできるって」

「でも——それで?」

「刑事はびっくりして、あなたを向うのナースステーションに連れて行くわ。その隙《すき》に私は水上の病室に入り込む」

「それで、私はどうしたら？」

「ともかく、五、六分でいいから、『お腹が痛い！』って喚《わめ》いてて。それから、急に治った、って言ってやれば」

「そんな無茶なこと……。だって、私、水上さんの病室に入れないじゃないですか」

と、真美は抗議した。

「だけど、私がちゃんと写真も撮って来てあげるから。——それで不足なら、今度は私がお腹痛い、って騒いであげる」

「そんなの見え透いてますよ」

と、ふくれっつらになって、「分りました。ともかく病室さえ分れば……」

「そうそう、あなたはまだ若いんだから。私みたいに生活かかってないし」

そういう話でもないような気がしたが、ともかくここまで来たら仕方ない。真美は渋々ながら、森やよいに協力することにした。

一人で足早に廊下を進んで行くと、大欠伸している刑事の前を通って、五、六メートルの所で、

「あ……」

と、声を上げ、よろけて壁にもたれ、お腹を押えて、その場にうずくまったのだ。

「君！　どうした？」

大方、かなり暇《ひま》だったのだろう、その若い刑事はすぐに駆け寄って来てくれた。

「お腹が……急に痛くなって……」

と、精一杯顔をしかめて言うと、

「大丈夫か？　――うん、顔色が悪いな。さ、僕につかまって」

顔色が悪い？　そんなわけないでしょ！

文句を言ってやりたかったが、そうもいかず、

「すみません……。あそこの看護師さんたちの所まで……」

「よし。歩ける？　さ、ゆっくりね」

若い刑事はすっかり真美を介抱するのに夢中になっている。

ナースステーションへと真美を支えながら連れて行くと、

「ちょっと！　すみません、病人です！」

と呼びかけた。

――その間に、森やよいはうまく水上の病室へと入り込んだ。少し照明を落としてあるのか、奥のベッドの辺りはやや暗くなっている。

やよいはベッドへ近付くと、

「水上さん。――水上さん、分ります?」

水上がうっすらと目を開ける。

「私、ジャーナリストの森といいます。ね、お話を聞かせて下さい! あ、その前に写真を一枚ね」

やよいは取り出したケータイで寝ている水上の写真を撮ると、

「あなたがどうして成川さんを殺したのか。世間じゃ色々勝手なことを言ってますよ。あなたご自身の口から、本当のことを話してもらえません? もともと政治的なことなんかに係りのなかったあなたが、どうしてあんなことを?」

水上はぼんやりした目をやよいへ向けたが、問われていることが分っているとは思えなかった。

やよいは小型のICレコーダーのスイッチを入れると、

「ね、ひと言でもいいんです。あなたが何を考えてるのか、これに録音して――」

そのとき、病室のドアが開いた。

「ごめんなさい!」

と、やよいは振り向きながら言った。「私、怪しい者じゃ――」

次の瞬間、鋭い銃声が響き渡った。

ナースステーションで、椅子にかけて、看護師から、

「どの辺が痛むの？　どんな感じの痛み？」

と訊かれ、いささか後ろめたい気分だった真美は、刑事がハッとするのを見た。

「今のは――銃声か？」

刑事が走って行く。――銃声？

「まさか！」

真美は弾かれたように立ち上って、びっくりしている看護師たちを後に、廊下へ駆け出した。

刑事があの病室のドアを開ける。とたんに中から飛び出して来た人影に突き飛ばされて刑事は床に倒れた。

人影は廊下を奥へと走って行った。

「待て！」

刑事が立ち上って追いかけようとしたが、振り返って真美を見ると、「中を見てくれ！」

と叫んだ。

「はい！」

刑事が走って行く。——逃げたのは、女だった。しかし、顔は見ていない。

真美は病室の中へ入って行った。

あの銃声は何だったのか？

「——どうしたんですか！」

ベッドにもたれかかって体を支えているのは、森やよいだった。

「危いわ……。銃が……」

「今、刑事さんが——。何があったんですか？」

「分らないの……。何が何だか……」

と、やよいはふらつきながら歩こうとして、

「私……撃たれたみたい……」

「え？」

真美は、目を見開いて、やよいがそのまま冷たい床にバタッと倒れるのを見ていた。

「森さん……」

うつ伏せに倒れたやよいの体の下に、血だまりが広がって行く。

「森さん……。こんなこと……」

真美は病室を出ると、「早く来て！　人が撃たれてます！」

と大声で叫んだ。

何があったんだろう？　一体どうしてこんなことに……。

「ごめんなさい」

と、真美はまず謝った。

「しかし、君が無事で良かった」

と、片山は言った。

「だけど、森さんは……」

と、言葉を詰まらせた。

「うん……。しかし、一体誰がこんな……」

連絡を受けて、片山たちは病院へ駆けつけて来た。

今、真美はあのナースステーションに、また座っていた。

「片山さん」

石津がやって来て、「この周辺、捜しましたが——」

「分ってる。この辺をウロウロしてるわけないさ。病室は？」

「中を調べています」

「南田《みなみだ》さんはまだか」

「そろそろ来ると思いますが」

「来たら知らせてくれ」

「分りました」

石津が病室へ戻って行く。

ベテランの看護師がナースステーションへ戻って来た。

「どうですか、具合は？」

と、片山は訊いた。

「ええ、特に異状はありません。鎮静剤で眠ってますわ」

——森やよいは射殺されたが、水上は無事だった。

水上は別の病室へ移されたのである。

「真美ちゃん、大丈夫？」

と、やって来たのは晴美である。

その足下に、ホームズのカラフルな姿があった。

「晴美さん！——嬉しい！　来てくれたんだ！」

真美は晴美に抱きつくと、ワッと泣き出してしまった。気が緩んだのだろう。

「もう大丈夫よ。──安心して」

と、晴美が真美の背中をやさしく叩いた。

「でも……私のせいで、あの女の人……」

「仕方ないわよ。真美ちゃんが悪いわけじゃない。ね、落ちついて」

「ええ……。ごめんなさい。私……。あ、ホームズ」

真美はかがみ込んで、ホームズの毛並をそっと撫《な》でた。

「お母さんは？」

「今、北海道なの。連絡ついて、すぐ帰って来るって言ってたけど」

「じゃあ、明日でないとね。──どういうことだったの？」

真美がもう一度、森やよいと病室へ入ろうとした事情を説明した。

「──逃げて行った女を見たのね」

「ええ。でも、後ろ姿だけだったから、顔は見てない」

「スーツを着てたって？」

と、片山が言った。

「そう見えました。ＯＬさんって感じだったわ」

「どんな色柄の？」

「たぶん……ブルー系かな。よく見てなかった」

「まあ、そんな時だからね。――晴美、真美ちゃんを家まで送ってあげてくれないか」

「ええ、いいわよ」

そこへ、石津がやって来た。

「片山さん。南田さんが」

「そうか」

――現場になった病室に入って行くと、検死官の南田が病室の中を見て回っている。

「何してるんです？」

「うん……。いい個室だな。一泊いくら取るんだ？」

「さあ……。僕が払うわけじゃないんで」

と、片山は言った。「見てもらえましたか？」

「あわてるな。死人は逃げやせん」

「そりゃそうでしょうけど」

南田はすっかり白くなった髪をなでつけて、

「白いのは染めりゃ何とかなるが、薄いのはな……。片山、お前さんも禿《は》げるタイプだな。髪の沢山ある内に嫁さんをもらえよ」

「ご心配いただいてどうも……」

南田は森やよいの死体をザッと見て、

「これじゃ、どう手当しても助からなかったな。——何の商売だ？」

「フリーライターとか」

「靴がすり減っとるな。あまり儲《もう》かってるとも思えん」

「そうですね。弾丸を取り出したら連絡を」

「うん。この傷なら、二二口径だろう。——しかし、患者でもなさそうなのに、どうしてこんな所で死んでるんだ？」

「取材に来たんですよ」

片山は、死体が手にしているICレコーダーをそっと外して取り上げると、「何か録音してたのかな。後で聞いてみよう」

すると、

「写真……」

という声がした。

真美が、晴美と一緒にドアの所に立っていたのだ。

「写真って？」

「その人……森さん、水上さんの写真を撮るって言ってました」

「写真か。――カメラ、持ってないぞ」

「たぶん、ケータイですよ」

と、真美に言われて、片山は咳払いすると、

「うん……。僕もそう言おうと思ってた」

やよいのそばにケータイが落ちていた。

「見せて」

と、晴美が手に取って、データを見た。

「写真が入ってる。――これ、水上さんでしょ」

真美が覗き込んで、

「本当だ。このベッドですね」

「お兄さん、見て」

「どうした？」

「この水上さんの写真の後に、もう一枚撮ってる。――ブレててよく分らないけど」

片山も覗き込んだ。

確かにシャッターは切っているが、ケータイが動いていたのか、画像は流れてよく分らな

い。

　黒っぽい影の真中辺りに白く光っているところがある。晴美が、

「ワッ！　びっくりした」

と、声を上げた。「ホームズ！　びっくりさせないでよ」

　ホームズが晴美の肩に飛び乗ったのだ。

「きっと、このケータイが見たかったのよ」

と、真美が言うと、ホームズが、

「ニャーゴ」

と、返事をした。

「そうなの？　ホームズなら分るのかしらね」

　ホームズは、首を伸してケータイの画面を覗いていたが、ストンと床に降りて、病室のドアの方へトットッと歩いて行って振り返った。

「――そうか」

　片山はケータイを横にして、「上下がこうなるんだ。この直線はドアの枠だ」

「黒い影は……」

「白い光が、拳銃の発射した瞬間だとしたら、この黒い影が犯人だ」

「でも、ただの影じゃ……」

「待てよ。――かすかだけど、発射したときの火で少し明るく照らされてる。この写真を拡大して、犯人の顔が分らないか、調べてみよう」

「自分が撃たれる瞬間を撮ったのね……」

と、真美は言った。「生きてたら、スクープだって喜んだでしょうね」

「全くだ」

片山は肯いて、「しかし、犯人はたぶん森やよいを殺しに来たんじゃない。水上を殺しに来て、中に森やよいがいたので、彼女を撃って、逃げたんだ」

「どうして水上さんを？」

と、真美が言った。

「水上の意識や記憶が戻るとうまくない人間がいるんだ。水上は成川を射殺して、すぐ自殺する予定だったんだろうからな」

片山は首を振って、「こうなったら、何が何でも、水上から話を訊き出してやる！」

「またやって来るのかしら、犯人は？」

「やり損なったわけだからな。今度は充分に警戒するぞ」

片山はそう言って、足下の森やよいの死体を見下ろしたのだった……。

12　来　客

「さ、私たちはおいしい夕食を食べましょうね」

と、晴美は言った。「お兄さんは、新しい都知事さんとご会食だから」

「ニャー……」

ホームズは座布団の上で丸くなっていたが、晴美の言葉に顔を上げ、大欠伸をした。

「今夜は石津さんが来ないだろうから、食事は二人分しか作らなかったわよ」

はいはい、って感じでホームズが立ってノコノコとやって来る。

「はい。ちゃんと冷ましてから食べてね」

晴美がホームズの分のシチューを皿に入れて下に置いた。ホームズは匂《にお》いをかいで、気に入ってはいるようだったが、もちろん熱い内は食べられない。

「フニャ」

ちゃんと冷ましてからちょうだいよ、と文句を言いたげである……。

「じゃ、いただきます、と」

晴美が食べ始めようとしたとき、チャイムが鳴った。——まさか！

「石津さん、来るって言ってなかったけど……。どうしよう？　ホームズの分、あげてい
い？」

すると、ドアの外から、

「いる？　私よ！」

と、聞き慣れた声。

「児島《こじま》の叔母《おば》さんだ！　——はい、今開ける！」

晴美は急いで玄関のドアを開けた。

片山兄妹の「後見人」を自任する叔母の児島光枝《みつえ》である。

「どうしたの、叔母さん、突然」

と、晴美が訊くと、

「え？　だって、ちゃんと電話したでしょ、今夜行くって」

と、目をパチクリさせている。

「聞いてないけど……。お兄さんに電話したの？」

「いいえ、この家の留守電に」

「留守電？　何も入ってなかったわよ」

「そう？」

児島光枝は上り込むと、「じゃ、電話しようと思ってて、したような気になったのかしら」

いい加減なんだから！　――晴美は呆れたが、まあこの叔母にそんなことを言ってもむだである。

「義太郎ちゃんは？」

「お兄さん、今日はデート」

「何ですって！」

光枝が、突拍子《とつぴようし》もない声を上げたので、ホームズもさすがに顔を上げる。

「何よ、叔母さん、びっくりするじゃないの」

「びっくりするのはこっちよ！　私に黙ってデートですって？」

「いちいち叔母さんに断ってないでしょ、今までだって。それに今夜の相手は別に恋愛と関係ないの。女性は女性だけど」

「良かった！　じゃ、義ちゃんにこの写真を見せて」

バッグから取り出したのは、スーツ姿のふっくらした女の子の写真。

「またお見合？　――ずいぶん若い子ね」

と、晴美はその写真を手に取って眺めていたが、「――どこかで見たことあるわ、この人」

「そうでしょ。私、この間晴美ちゃんがくれたクッキーがあんまりおいしかったんで、ホテルGに買いに行ったの」

「ああ!」

と、晴美は声を上げた。「〈ホープ〉の店員さんだ!」

「そう。代々木杏。二十四歳。私ね、お客さんにてきぱき応対するこの子にすっかり惚れちゃったの!」

「驚いた。――この子は承知してるの?」

「当り前でしょ。義ちゃんのことも、しっかり憶えてて、『あの方とならお見合してもいいです』って言ったのよ」

光枝の話は大体八割方割り引いて聞かなければならない。この代々木杏という子も、大方、光枝のまくし立てるような弁舌に呆気に取られる内、半ば催眠状態(?)になって写真を渡してしまったのだろう……。

「じゃ、お兄さんに渡しとく」

「今度の日曜日、五時にホテルGのラウンジで、って伝えて」

「叔母さん! お兄さんの都合も聞かないと――」

「そんなこと言ってるから、義ちゃんはいつまでたっても結婚できないのよ！　義ちゃんの幸せを思うなら、絶対その日にホテルGへ来させてね！　それじゃ、お邪魔さま」

啞然とする晴美を後に、児島光枝はさっさと帰って行った。

「――参っちゃうわね、児島の叔母さんには」

と、晴美は苦笑して、「今ごろ、お兄さん、クシャミしてるかしら」

「ハックショイ！」

片山はクシャミをして、「失礼しました」

と、咳払いした。

「どなたか噂《うわさ》をしてらっしゃるんじゃ？」

と、成川文乃がシャンパンのグラスを手に微笑む。「きっと女の方ね」

「妹でしょう、僕の噂をしてるとすれば」

女性には違いないが。片山は一応シャンパンのグラスを取り上げて、

「当選おめでとうございます」

と言ったのだが、

「そんな乾杯はやめて」

と、文乃は眉をひそめて、「都知事になれば大学は辞めなくちゃいけないし、十八世紀英国文学の研究も途中で放り出すことになるし、いいことなんかないわ」

「はあ……」

「もちろん、夫の遺志を受け継ぐ、っていう気持に嘘《うそ》はないけど、でも、まさか本当に当選するなんて思ってなかった。あんまりひどかった前の知事への批判票を示したかっただけ」

「そうなんですか。――じゃ、何に乾杯します？」

と、片山は至って真面目に訊いた。

文乃はちょっと笑って、

「女の人が片山さんに惚れるの、分るわ」

「僕にですか？　ちっとも惚れられたりしませんよ」

「あなたがそう思ってるだけよ。――じゃ、片山さんと私の友情に乾杯。それでどう？」

「結構です」

シャンパンのグラスがチリンと触れる。

――高級フレンチのレストランだが、個室である。今、文乃は「時の人」だ。男と二人で会食となると、どう見られるか分らない。

「昨日の事件のことは、食事の間は話さないで」

と、文乃はオードヴルを食べながら言った。

「――分りました」

オードヴルの皿を空にすると、文乃は個室の中を見回して、

「よくこのお店に来るの」

「はあ、そうですか。刑事の月給ではなかなか……」

「飾ってある絵がいいでしょ」

片山は背後の油絵を振り返って、

「よく分りませんが……。うちの課長が絵を描くので……」

「いい絵だと思わない？」

「抽象画はどうも……。お花がちょっと邪魔ですね」

壁に少し凹んだ場所があって、そこに絵が掛かっているのだが、花びんに活けた花が大きくて、絵の下半分を隠してしまっている。

「本当ね」

文乃は初めて気付いた様子で、「この店があんな無神経なことするなんて……」

まさか。――片山はナプキンを置いて立ち上ると、その絵の前に立って、

「確かに、深い意味のありそうな絵ですね……」

と言いながら、花びんを持ち上げて、底を覗いた。

黒い小さな箱が貼り付けてある。片山はそれを引きはがすと、花びんを元に戻し、花びんの中へ、その箱を落とした。チャポンと水音がする。

「――何なの？」

「盗聴マイクです」

「まあ……」

「この部屋を取ったのは？」

「いつもワインの相談をしているソムリエよ。それじゃ……」

「どうします？」

文乃は少し考えていたが、

「放っておきましょう。もう二度とここを使わないようにすればいいことだわ」

「そうですか。あなたがそうおっしゃるなら……」

文乃はまじまじと片山を見て、

「あなたってすばらしいわ」

「いえ、色々、この手のことにも出くわしているだけですよ」

文乃は黙って微笑みながら首を振った。

――食事は淡々と進み、食後のコーヒーになってから、

「片山さんは、私の見込んだ通りの人だわ」

と、文乃は言った。

「買いかぶらないで下さい」

と、片山はあわてて言った。「偶然とまぐれと幸運です」

文乃は笑って、

「本気でそう言ってるところが素敵」

「いや――」

「私、実は片山さんに相談したいことがあって、来ていただいたの」

片山は少しホッとした。「相談」とくれば、「好きだ」とかいう話ではないだろう……。

「僕でお役に立つようなことでしょうか」

と、片山はコーヒーカップを手に取った。

「ええ。――主人のことで」

「ご主人の死の真相はまだ――」

「いえ、そうじゃないの」

「というと……」

文乃はコーヒーを一口飲んで、

「主人、もしかしたら死んでないかもしれないの」

片山は危うくコーヒーカップを取り落としそうになった。


「あと三日ですね」

秘書の高浜令子の言葉は、一応文乃の耳に入っていた。

しかし、その意味が分るまでに数秒かかった。——そうか。都知事選の投票日まで、あと三日なのだ。

「そうね」

ずいぶん間の空《あ》いた返事だった。

疲れていた。寝不足もある。選挙戦が始まってから、連日の移動、移動で、睡眠時間は毎日三時間程度。

帰宅する車の中でも、文乃の頭はボーッとしびれたようになっていて、令子の言葉がまるで外国語のように聞こえたのである。

「——今、どの辺？」

と、文乃は欠伸をして窓の外を見た。

「もうじきです。あと十分もすれば」

「じゃ、お風呂に入っても四時間眠れるわね」

「何かお手伝いしましょうか？」

と、令子は言った。「お洗濯くらいなら私でも――」

「いいのよ。お茶碗洗ったり、お洗濯したりする間に、気持が落ちついてくるの。自分でやるからいいのよ」

「分りました」

そこはやはり女性で、夫・成川茂文の立てていたスケジュールでは、投票日前の一週間は自宅へ帰らず、ホテルや事務所に泊ることになっていたが、文乃はそういうわけにいかず、家で化粧を落とし、入浴して、翌朝、またきちんと化粧しないと、ひどいことになってしまう。

――やがて車がマンションの前に着いて、

「じゃ、おやすみなさい」

と、文乃は令子に言って、車を降りた。

「おやすみなさい！　明朝は七時に参ります」

と、令子が車から声をかけた。

文乃はちょっと手を上げて見せた。

マンションのロビーに入ると、大欠伸して、

「有権者には見せられないわね」

と呟いた。

エレベーターで七階へ。

子供のいない夫婦二人の暮し。都心のマンションは便利だった。

〈705〉の鍵を開け、玄関へ入ると、文乃は靴を脱ごうとしてバランスを崩し、上り口に尻もちをつく格好で座ってしまった。

「いやだわ、もう……」

と、自分で苦笑して、靴を脱ぎ、フーッと息をつく。

そう……。早く上って、服を脱がないと。お茶碗を洗って、お風呂に入って……。

ただでさえ少ない時間が、こんな風にぐったりしていたら、どんどん減って行く。

「ああ……。あと三日だわ！　しっかりしろ！」

自分に向ってそう言うと、文乃はやっと立ち上って、フラフラと居間へ入った。

そして――その匂いに気付くと、

「あなたなの？」

と、つい言っていた。

——そんなはずはない。

居間へ入った所で、立ちすくんだ。眠気がどこかへ消えて行く。

明りを点けたままの居間を、文乃は青ざめた顔で眺め回した……。

「何かの間違いだわ……」

と、文乃は自分に言い聞かせるように言って、居間からダイニングキッチンの中へ入って行った。

明りを点ける。——もちろん誰もいなかった。

玄関と廊下の明りは点けっ放しになっているのだが、それでも、奥の寝室や仕事部屋のドアを開け、明りを点ける度、文乃の手は震えた。

バスルームも覗く。そう、誰もいない。当り前のことだ。

しかし、確かにこの香りは……。

キッチンに戻ると、文乃は調味料を入れる引出しをゆっくりと開けた。

その奥には濃いブルーの缶が入っていた。そっとその缶を取り出し、テーブルに置く。

缶の蓋はしっかりと閉っていて、緩んではいなかった。ではなぜあの香りがしたのか？

文乃は椅子を引いて腰をおろすと、しばらくそのブルーの缶を見つめていた。

──夫、成川茂文はあまり物にこだわる人間ではなかった。時々、

「これは体にいいんだ」

とか、

「血圧を下げる効果がある」

などと、友人知人から聞いて来て、生薬や変った野菜を持って帰ることはあったが、三日と続かずに忘れて、ほとんどは屑《くず》入れに消えた。

その成川が、仕事で南米へ行ったとき、旅先で高熱を出し、ひどい下痢《げり》をして寝込んだ。険しい山を越えた、小さな町で、ちゃんとした病院のある町まで二日もかかる場所だった。

寝込んだ成川は体が弱って、とても長い移動に耐えられず、このままでは脱水症状を起して命も危い状態だったのである。

そのとき、成川の現地ガイドをつとめてくれた若者が、かなり怪しげな英語で、

「いい薬をあげる」

と言って、持って来たのは、何とも言いようのない香りのする飲物だった。見た目もどす黒い、およそ飲む気になれない代物《しろもの》だったが、その若者は、

「どんな病気にも効く薬草を煮た汁だ」

と、熱心に説得した。

成川も、「これより悪くなることはない」と、覚悟を決めて、その液体を飲み干した。ところが――その夜の内に、成川の熱は下がり、翌日には食事ができるようになったのである。

「命拾いした」

と、成川はガイドの若者に感謝して、その後、彼を日本へ招き、大学で学ばせた。むろん、費用はすべて成川が持ったのだ。

成川はその薬草を日本へ持ち帰り、毎日煮出《にだ》して飲むようになった。文乃にも勧めたが、文乃はその香りがとても我慢できず、

「うちで飲まないで！」

と、夫に言い渡した。

成川は事務所でその薬草を煮出して飲むようになったが、もともと南米のその地域にしかないというので、二、三か月に一度、定期的に送ってもらうことにしていて、その包みは自宅へ届く。

成川はその薬草をこのブルーの缶に入れて保管し、事務所の方でなくなりそうになると、この缶から出して持って行った。

缶から薬草を取り出すだけでも、家の中にその独特の香りが広がって、文乃はその日には外で食事して遅く帰るようにしていた……。

その缶が、今目の前にある。

成川が殺されて、文乃はこれをどうしたものか迷った。もちろん、自分で飲む気はないから、捨ててしまうことになるだろうが、夫があれほど信じて飲んでいたものを、そうすぐに捨ててしまうのは難しく、ともかく、選挙が終るまでは置いておこう、と思った。

そのとき考えればいい……。

文乃は、そっと手を伸して、ブルーの缶をつかんだ。そしてゆっくりと慎重に蓋を開けて行った……。

「私、主人が亡くなったとき、一度その缶を開けたんです」

と、文乃はコーヒーを飲みながら言った。

「中身が残っているのかどうか、確かめようと思って」

「それで……」

と、片山は囁くような声で訊いた。

「中にはあの薬草が半分と少し残っていました。缶の中に、ビニール袋に入れてしまってあるのですが、それでも独特の香りは強烈で、すぐ蓋をしてしまいました」

と、文乃は言った。「そして——あの夜、私は思い切って缶の蓋を開けました」

「はあ……」

「缶は……空だったのです」

文乃と片山の間に、少し沈黙が続いた。

「――誰かが片付けたということは？」

「考えられません。あのマンションの部屋には月に二度、お掃除の業者が入っていますが、夫の死後、あの日までは入っていませんし、誰かが勝手に引出しを開けて、缶の中身を捨てたりするなんて、あり得ないことです」

「確かに……」

「あの薬草を喜んで飲んでいたのは、少なくとも私の身の回りでは主人一人です。事務所でも、みんな口には出さなくても、主人があれを煮出していると、何かと口実をつけて逃げ出していたそうです」

「つまり、文乃さんはご主人が自分でその薬草を取りに来た、と思ってるんですね」

「私には、そうとしか考えられません」

と、文乃は言った。「もちろん、馬鹿げた話と思われるでしょう。私自身、主人の死体をこの目で見て、火葬になるのを見届けたんですから」

レストランの支配人がやって来て、

「おめでとうございます」

と、祝いの言葉を述べた。

「ありがとう。——コーヒーのお代りを」

「かしこまりました」

「ちょっと」

と、文乃は呼び止めて、「いつものソムリエさんはいる？」

「は……。何か失礼がございましたか」

と、支配人が心配そうに訊く。

「いえ、そうじゃないけど」

「実は——何でも故郷の母親が危篤《きとく》とかで、今日、辞めて行きまして」

「今日？」

文乃と片山は顔を見合せた。

「警察の者です」

と、片山は手帳を見せて、「そのソムリエの住所を教えて下さい」

「片山さん——」

「今の話を伺っていると、何かの陰謀があってもふしぎじゃありません。ソムリエが加担していたとしたら、その命も狙われるかもしれません」

片山が盗聴マイクのことを説明すると、支配人は青くなった。

「すぐに――」

と、あわてて個室を出て行く。

「何があったのか、分りませんけど」

と、片山は首を振って、「ただ、ここから成川さんの死の真相が知れるかもしれませんからね」

「そこまで考えてらっしゃるのね」

「いや、溺《おぼ》れる者はわらをもつかむ、ですからね。これが何かの手掛りにつながればと……。でも、文乃さん。殺されたのは間違いなくご主人だったんでしょう？　別人だったとすれば、ご主人にそっくりな双子の兄弟でもいない限り、あり得ないですよ」

「そうですね」

と、文乃は肯いて、「主人には双子の弟がいました」

片山は手にしたコーヒーカップを、危うく取り落とすところだった……。

13　友情の行方

「それで、どうだったの?」

と、晴美は訊いた。「そのソムリエ、見付かった?」

「住所を訊いて、すぐ行ってみたけどな」

と、片山はネクタイを外して、「マンションは引き払った後だった」

「怪しいわね」

「どうかな。——あの隠しマイクを仕掛けたのが、そのソムリエだと決ったわけでもないけど……」

片山はソファに腰をおろすと、手帳を開けて、「ええと……。太田《おおた》始《はじめ》っていう男だ」

「母親が危篤だっていうなら、普通は休みを取って駆けつけるわ。職場を辞めて、マンションまで引き払うなんて不自然よ」

「うん。確かにそうだな。明日、もう一度当ってみよう」

片山は大欠伸した。うつったのか、ホームズも欠伸している。

「でも、その薬草の話、面白いわね」

と、晴美が言った。「本当に成川茂文が生きてたら……」

「でも、文乃さんも言ってたよ。『いくら双子でも、あの年齢になって、夫と見分けがつかないなんてこと、ないと思います』ってな」

「でも、薬草は誰かが持ち出したんでしょう？」

「あの選挙の最中だからな。自分で捨てて忘れちまったんじゃないか」

「そんなこと……。あの秘書の人が何か知ってるんじゃ？」

「ああ……。高浜令子だっけ？　今休暇を取ってて連絡がつかないんだ」

「連絡がつかない？」

晴美は眉をひそめて、「ああいう仕事の人が、全く連絡取れないようなこと、普通しないわ」

「そうだな……。しかし、本当なんだから……。ああ眠い！　もう寝るよ」

「ちゃんとお風呂に入って！」

と、晴美はやかましい。

「分ったよ……」

片山はため息をついて、「風呂の中で溺れたら助けに来てくれ」

と、立ち上った。

「明日の夜になっても出て来なかったらね」

片山は、戸棚のガラス扉の前に置いてある写真を見付けて、

「何だ、これ？」

「あ、忘れてた」

と、晴美は言った。「児島の叔母さんが置いてったの」

「来たのか？　じゃ、これ……」

「お見合ですって。今度の日曜日、五時にホテルGのラウンジだって」

片山は唖然として、

「おい、待てよ。俺は何も――」

「私じゃないの。叔母さんがそう言ったのよ」

と、晴美は強調して、「その子、見覚えあるでしょ？　クッキー屋さんの子」

「え？　――あの〈ホープ〉の？　――もう少し太ってなかったか？」

「そういうこと言ってるから、もてないのよ！」

「別にもてたいわけじゃない！」

と言い返して、「全く、あの叔母さんと来たら人の都合なんかお構いなしだからな」

「断るなら、自分で言ってよ。ね、ホームズ」

「ニャー……」

と、ホームズが言った。

片山がお風呂に入っている間、晴美はお茶碗とお皿を手早く洗った。

「あら、私のケータイ？」

と、タオルで手を拭く。「――もしもし」

「あ、晴美？　双葉幸子だけど」

「ああ、幸子。どうしたの？」

「うん、ちょっとね。晴美に相談したいことがあるの」

と、幸子は言った。「明日でも会えないかしら」

あの銀行強盗未遂事件のことが、晴美には引っかかっていた。

もちろん、かつてのクラスメイトを疑いたくはないが。

「そうね……。明日はちょっと……」

と、口ごもる。

「お願い！　晴美にしか相談できないことなの」

「そう言われちゃね。——お昼の二時ごろなら何とかなる。銀座に出てるんだけど」

「銀座？　もう少し人のいない所がいいんだけど……」

「内緒の話なの？　じゃあ……夜の十時くらいでもいい？」

「うん！　その方がいい。これから言う所に来て」

晴美はメモすると、「ここ、どこなの？」

「公園。小さいけど、人が通らないから」

「この寒いときに？」

「あ、もちろん話は中で。待ち合せ場所よ」

「分った。それなら……。遅れないでね」

「大丈夫。早目に行って、待ってるわ」

と、幸子は言った。「じゃ、明日ね」

——晴美が切れたケータイを眺めていると、いつの間にかホームズがすぐ近くに来ている。

「ホームズ、聞いてたの？」

「ニャオ」

「秘密の話があるっていうのに、切るときはずいぶん楽しそうだったわね」

「ニャー」

「あんたもそう思う？」

ホームズと会話していると、片山が風呂から出て来た。

「お兄さん！　早くパンツはいてよ」

「バスタオル巻いてるだろ」

と、片山はむくれた。「――誰か電話して来たのか」

晴美がケータイを手にしているのを見て訊いた。

「双葉幸子よ」

晴美が説明すると、片山はパジャマ姿でやって来て、メモを覗いた。

「――怪しいと思ってるのか？」

「疑い出すと、色々気になって。この間の銀行強盗も、私のことを大声で呼んだのは、強盗二人を逃がすためだったんじゃないかと思えるの」

「つまり、共犯ってことか」

「もしかしたらね……」

片山はそのメモを眺めていたが――。

「おい、ちょっと待てよ」

と、メモを手に取る。

約束の十時にあと五分というところで、晴美はその公園を見付けた。

公園というより、小さな空地というところだ。砂場とベンチがあるだけの空間。

晴美がベンチに腰をおろすと、すぐに小走りな足音がして、

「ごめん！　待った？」

と、双葉幸子がやって来た。

「今来たとこよ」

と、晴美は立ち上った。「そんなに走って来なくてもいいのに」

「そうもいかないわ。こっちで頼んだんだもの」

幸子の声が上ずっている。

「で、どこに行くの？」

と、晴美が訊く。

「ちょっと遠いの」

「え？　だって、この近くだって……」

晴美は目を疑った。――幸子が小型の拳銃を手にして、銃口を晴美に向けていたのだ。

「幸子……。何の真似？」

「おとなしく言う通りにして。そうすれば撃たないわ」

「どうしろって言うの？」

「される通りになってればいいの」

幸子が二、三歩さがって、「来て！」

と、声をかけると、ジャンパー姿の若者が三人、公園に入って来た。

「さあ、この子を縛って。車のトランクへ放り込むのよ」

と、幸子が言った。「ぐずぐずしないで！」

ロープを手にした一人が晴美の方へ近付いて来たが、どこかおずおずとして、怖がっている。

「今ならやめられるわよ」

と、晴美は厳しい口調で言った。「人を誘拐するのは重罪よ。分ってる？」

相手が明らかにたじろいでいる。

「何してるの！」

と、幸子が怒鳴った。「お金を払わないわよ！　ちゃんと仕事をして！」

「いくらもらったの？」

と、晴美は言った。「十万？　二十万？　それで何十年も刑務所暮しじゃ、割に合わないんじゃない?」

男たちは顔を見合せている。きっと、「簡単な仕事だから」と言われて、何も考えずにやって来たのだろう。

「早くしなさい!」

幸子は苛々と言った。「言われた通りにしないと、あんたたちを撃つわよ」

「幸子」

と、晴美は言った。「馬鹿な真似はやめて。どうしてこんなことを?」

その時、公園の入口で、

「ニャー……」

と、猫の声がして、幸子はハッとした。

「まさか——」

「猫には付き添いもいてね」

片山がホームズの後から現われる。「警察だ。ロープを捨てろ」

男たちは、

「逃げろ!」

と、公園の奥の柵を飛び越えて逃げて行った。

「その銃を渡して」

と、片山は言った。

石津刑事も公園の中へと入って来る。

幸子の額に汗が光っていた。

「ごめんね、幸子」

と、晴美は言った。「あの銀行強盗のとき、幸子の行動が不自然だった」

「そう……。気付かれてたのね」

幸子は肩を落として、「やっぱり私は劣等生ね……」

「さあ、幸子」

晴美は手を差し出して、「それをちょうだい。そして、どういうわけなのか、話して」

と言った。

「それはできないわ……」

「どうして？」

幸子は答えなかった。その代り、手にした拳銃の銃口を、自分の胸に押し当てたのである。

「だめ！」

晴美が叫ぶのと銃声は同時だった。——幸子の体が崩れ落ちる。

「何てこと……」

晴美は駆け寄って、「幸子！　——幸子！」

と手を握ったが……。

「もうだめだわ」

晴美は、幸子の目を閉じてやった。

「驚いたな」

片山は首を振って、「石津、通報してくれ」

「分りました……」

石津も呆然として、血を流して倒れている双葉幸子を見下ろしている。

「お兄さん……」

「うん。分るよ」

「私が殺したようなものね」

「それは違うぞ」

と、片山は強い口調で言った。「それは絶対に違う」

「分ってる」

晴美は涙を拭《ぬぐ》って、「頭じゃ分ってる。でも、やっぱり辛いわ」

「それはそうだ」

「私──思い出したわ。成川茂文さんを射殺した水上さんが、自殺しようとしたのを」

「うん。あの時と同じだな」

「幸子は信じ込まされていたのよ。しくじったら、自分で死ね、って」

「調べてみよう。この拳銃も手掛りになるだろう。──そして双葉幸子の生活の細かいところまで」

「そうね」

「これ以上犠牲者は出さない」

片山はそう言って、固く唇を結んだ。

ホームズも、片山の足下で神妙に座り込んでいる。

その内、サイレンが聞こえて来た。

そして──ホームズが、死体に近付くと、幸子の着ていたコートのポケットの辺りをかぎ始めた。

「どうしたの?」

晴美は死体の傍に膝《ひざ》をついて、幸子のコートのポケットを探った。

「何も入ってないけど……」

「ニャー」

と、ホームズが訴えるように声を上げる。

晴美は、

「待って」

と言って、ハンカチを取り出し、地面に広げた。

そして、コートのポケットを引張り出して、底にこびりつくようにたまっていた、細かな埃《ほこり》をハンカチの上にそぎ落とした。

「お兄さん、この埃、分析して」

「分った」

と、片山は肯いた。

晴美はハンカチをていねいにくるむと、ビニール袋に入れた。

「私、心配だわ」

「何が？」

「あの太田っていうソムリエ。——幸子の死と関係あるかどうか分らないけど……」

「もし、関係あるとしたら……」

「太田も、隠しマイクを見付けられて、しくじったわけでしょ」

「そうか。太田も自分で……」

「――どこに行ったのかしらね」

と、晴美は言って、「さよなら、幸子」

と、言葉をかけた……。

14 ついでの見合

「今はそれどころじゃない」

と、片山は言った。

「同じこと、何回言ったら気がすむの？」

と、晴美が呆れて言った。「ねえ、ホームズ。往生《おうじょう》ぎわが悪いって言うのよ、そういうのを」

「俺はまだ往生してない」

ブツクサ言いながら、片山だって分っているのである。今日のお見合をすっぽかしたりしたら、児島の叔母に何と言われるか……。

叔母のお小言《こごと》に付合わされるくらいだったら、こうして、一、二時間の時間を作って見合した方がまし《ヽヽ》だ。

「ニャー」

ホームズが晴美の足下で、いささかタイミングのずれた返事をした。

ホテルGのロビーは、日曜日のせいもあってか、にぎわっている。

「あ、花嫁さん」

と、晴美がウェディングドレスの女性に目をとめて言った。「こっちからも。——きっと日がいいのね」

「今は大安《たいあん》も仏滅《ぶつめつ》も関係ないんだろ。土日に式をやる方が、出席するのも楽だしな」

と、片山は言った。

「あら、結構具体的に考えてるじゃないの」

「よせってば」

「児島の叔母さんからだわ。もしもし」

と、晴美がケータイに出る。「——ええ、引張って来たわ。今、ロビー。——あ、そうなの？　分った。——はい、大丈夫」

「中止か？」

と、片山がはかない望みをかけて言った。

「残念でした。ラウンジ、混んでて入れないっていうから、最上階のバーに席を予約してあるって」

「何だ、そうか」

「B1に寄って、代々木杏さんを連れて来てですって」

「俺が？」

「そうねえ。――やっぱり、お兄さんは先にバーへ行ってて」

「分った」

片山がエレベーターへと向い、晴美とホームズは地下一階の〈ホープ〉へとエスカレーターで下りて行った。

「いらっしゃいませ」

と、明るい声がした。

〈ホープ〉の売場で、客の相手をしているのは、代々木杏だった。

晴美とホームズが入って行くと、代々木杏は他の客の相手をしていたが、すぐに分って、

「少々お待ち下さい」

と、声をかけた。

奥から沖野のぞみが出て来る。

「まあ、晴美さん」

「お忙しいのに、すみません」

と、晴美が言った。

「いいえ。杏ちゃんも楽しみにしてるんですよ」

「本当ですか？」

と、晴美が苦笑して、「児島の叔母はともかく強引で」

「ニャー」

と、ホームズも同意する。

「——じゃ、わざわざ迎えに来てくださったんですか？　申し訳ありません」

「いいえ、急がなくても大丈夫ですから」

杏が、客の注文で、クッキーの詰め合せの箱を可愛い包装紙でくるんで、リボンをかけている。

「じゃ、お代を」

と、のぞみがレジに立ち、支払いをすませた客が出て行くと、

「ちょっと待って下さい」

と、杏が言った。「あの……これでも一応美容院に行って来たんです」

「可愛いわ」

「着替えて来ます」

と、杏が奥へ姿を消す。

「どうぞ、おかけになって」

と、のぞみが店の隅の椅子をすすめた。「クッキー、一つつまんで下さい」

「ありがとう」

晴美は椅子にかけ、壁のガラスケースの中のクッキーを眺めていた。店の入口には半ば背を向けた格好で、しかしケースの奥は鏡になっていて、入口の様子は映っている。

「いらっしゃいませ」

と、のぞみが言った。

男が一人、店に入って来る。晴美は、ホームズがタタッとテーブルの下に隠れるように駆け込むのを見て、

「どうしたの？」

と言ったが——。

ホームズの鋭い視線は、ただごとではなかった。何があったの？

「クッキーの三種類の詰め合せを十七個、用意してもらいたいんですが」

その男がのぞみに言った。

「はい。十七個ですね。いつまでに——」

「明日、昼過ぎに取りに来ます」

「かしこまりました。包装はどのように……」

「女の子向きの可愛いのがいいですね」

「では、こちらの三種類からお選び下さい」

晴美は振り向くことなく、ショーケースの奥の鏡に映っているその客を見ていた。

「恐れ入りますが、こちらにお名前を」

と、のぞみが言った。「よろしければお電話も……」

「ケータイしか持ってないんです」

「では結構です」

男がボールペンを手に、伝票に記入している。その左手——いや、鏡に映っているから右手だ。キズテープが貼ってある。

晴美は息を呑んだ。

双葉幸子が共犯だったと思われる、あの銀行強盗。散弾銃を持った男の右手に、ホームズは飛びかかって傷をつけた。

「松山《まつやま》様ですね」

と、のぞみが言った。

「支払いを先に」

「よろしいですか？　ありがとうございます」

男は現金で支払いをすると、

「ではよろしく」

「どうぞ一つ、おつまみ下さい」

と、のぞみがガラスの器を差し出す。

「やあ、すみません。家内が向うで待っているので……」

「では、お包みしましょう」

と、のぞみが紙ナプキンにクッキーを二、三個くるんで渡す。

「どうも。——では明日」

感じのいい、人当りのソフトな男だ。あのときの、興奮して上ずった声とは違うが、しかし……。

晴美は店を出て行く男をじっと鏡の中で見ていた。

「杏ちゃん、何してるのかしら？　——杏ちゃん」

のぞみが奥へ入って行く。

晴美は素早く椅子から立った。——あの男は、差し出されたクッキーをつまもうとして、一旦ガラスの器を手に持っていた。

晴美はその器をバッグの中へ押し込んだ。指紋がついているだろう。

「――お待たせしました！」

杏が、ちょっと大人っぽいスーツ姿で出て来た。

「まあ」

と、晴美は目を見開いて、「とても大人に見えるわよ」

「それって、いつもは子供に見えるってことですか？」

と、杏が首をかしげた。

「深く考えないで」

と、晴美は言った。「じゃ、行きましょうか」

店を出て、あの男の行った方向へ目をやったが、もう人に紛れて姿は見えなかった。

家内が待ってる。――あの男はそう言っていた。本当だろうか？

「何度も悪いわね」

と、児島光枝が言った。「ちゃんと義太郎ちゃんがおごるから」

「叔母さん、いちいち言わなくたって……」

と、片山が渋い顔をしている。

バーへ行ってみたが、光枝が、

「もう夕方だし、どうせなら食事した方がいいと思って。このホテルのメインダイニングを予約しといたわ」

と、また移動することになったのである。

「とてもおいしいお店だって、お友だちから聞いてたの。一度行ってみたかったのよ」

光枝が食べたかったということなのかもしれない……。

そのメインダイニングへ入ろうとして、表に出ているメニューを見た片山は、値段の高さに目をむいた。

「何とかなるから、大丈夫」

と、晴美がそっと片山に言った。「カード持ってるでしょ」

「うん……」

片山は悲壮な表情で肯いた……。

奥まったテーブルに案内され、片山と晴美、それに代々木杏、児島光枝の四人でディナーが始まる。――ホームズはテーブルの下で静かに寝ていた。

一体どんな料理が出てくるのか、さっぱり分らなかったが、ともかく、

「この〈ディナーコース〉で、四人」

と、片山はオーダーした。

俺の月給の三分の一は吹っ飛ぶ……。

「シャンパン、ワインなどいかがでしょうか」

と、ワインリストを手に、ソムリエがやって来た。

忘れてた！　しかし、俺は飲めないしな……。

「いただきます」

と、代々木杏がアッサリ言った。「私、ワイン、大好きなんです」

「そう……」

と、片山は何とか笑顔を作って、「じゃ、好きなのを頼んで」

それでも、多少遠慮したのか、杏はグラスで白ワインを頼んだ。

「かしこまりました」

ソムリエの顔に、ちょっと拍子抜け、という表情が浮んだ。大人四人もいるのだから、もっと盛大に飲んでくれると思っていたのかもしれない。

ソムリエを見て、片山はあの行方《ゆくえ》の分らない太田のことを考えていた。

そう。――本当に、「お見合なんかしてる場合じゃない」のである。

ソムリエが、杏のグラスに白ワインを少し注《つ》ぐ。

「——いかがでございますか」

「ええ。おいしいわ」

と、杏がニッコリ笑った。

その明るい笑顔は、片山の心を和《なご》ませてくれた。——このお見合も、結果はともかく疲労回復(?)には悪くないかもしれないな。

ソムリエが杏のグラスにワインを注いでいると、ウエイターが足早にやって来て、注ぎ終ったソムリエに、

「電話です」

と、小声で言った。「太田さんから」

片山と晴美は顔を見合せた。

ソムリエが小さく肯いて、

「ごゆっくり」

と、テーブルを離れようとする。

「待って下さい」

と、片山は呼び止めた。

「ちょっと……」

片山はそのソムリエをレストランの隅へ引張って行くと、「警察の者です。今、電話と言っていた太田さんというのは、このホテルの近くの〈N〉ってレストランのソムリエの太田始さんですか？」

「ええ。どうしてそれを……」

「お知り合いなんですか」

「同業者ですし、狭い世界ですからね。太田がどうかしましたか？」

「お店を辞めたことは――」

「知っています。何も聞いてなかったので、びっくりしました」

「では、何の用事で？」

「さあ、それは……。ケータイにも出ないので、電話してくれと吹込んどいたんです」

「じゃ――今どこにいるか、聞いて下さい」

「一体太田がどうしたんですか？」

「犯罪に係っていたようで、それで姿を消したんです。それよりも、早く見付けないと太田さん自身の命が危いんです」

片山としても、手短に説明するには他に言いようがない。

「――分りました」

ソムリエは、ただ呆気に取られて肯いた……。

「お見合して良かったわね」

と、晴美が言った。

「そうだな。これでうまく太田を保護できれば……」

確かに、あの「高いレストラン」に行かなければ、そして代々木杏がワインを注文しなければ太田のことが耳に入ることはなかっただろう。

「食事代、経費にならないか、課長に訊いてみるか」

「よしなさいよ、みっともない」

と言われて、

「分ってる。冗談だよ」

と、片山は言い返したが、内心では結構本気だったのである……。

――太田は友人のソムリエに、

「電話じゃ話せない」

と言って、「レストランが閉った後で、近くのバーへ来てくれ」

と頼んだのである。

おかげで(?)、片山たちも四人のディナーをしっかり最後まで食べることができた。

もちろん、お見合にしては、「食後のデート」もなくて、話の進みようがなかったが、

「義太郎ちゃんの仕事は、明日に延ばすってわけにはいかないからね」

と、児島光枝が珍しく片山の味方をしてくれた(食事をおごらせたせいかもしれない)。

それに、やはりのんびり「ご趣味は?」などとやっている気にもなれず、でも、もったいないから食事はして、ちゃんとデザートまで食べたのだった。

杏は、何があったのか分らなくても一向に気にしないで、食事とワインをしっかり楽しんだようで、レストランを出ると、

「ごちそうさまでした」

と、ていねいに頭を下げ、少しも酔った様子もなく帰って行った……。

そして、片山たちは今、太田がやって来るのを、バーの外で見張っていた。バーの中は狭くて、怪しまれそうだったのである。

そう寒いというほどの気候でもなかったので、見張りも辛くはなかった。

「太田の顔、分るの?」

と、晴美が訊いた。

「ああ。あの店の支配人から、旅行に行ったときの写真をもらった」

片山は手帳に挟んだ写真を見せた。

晴美は、明りの下へ写真を持って行って、

「この丸印の人ね？　――何となく気の弱そうな人ね」

「ともかく、無事に保護しないとな」

片山は肯いて、写真をポケットへ入れた。

片山の足下ではホームズが欠伸していた。

ディナーを食べさせるわけにはいかなかったので、ホームズの夕飯は「おあずけ」になっていたのだが……。

ホームズがふっと顔を上げ、短く鳴いた。

「おい、ホームズ。どうした？」

「お兄さん、あれ」

と、晴美がつつく。

バーの側へと渡る横断歩道があって、今その向う側に、コートをはおって顔を立てたえりに埋めるようにして、信号の変るのを待っている男がいた。

「あれかな？」

向う側の街灯の明りで見える限りでは、それらしく見える。

「こっちへ来たら、声をかける」

と、片山は言った。「お前は後ろへ回ってくれ」

「いいわ」

信号が青になった。——その男は急ぎ足で渡り始めたが——。

一台の黒い乗用車が突っ走って来た。

「ニャー！」

と、ホームズが鳴く。

「危い！」

片山は飛び出した。

その瞬間、車はそのコートの男をはねていた。男の体が宙に飛ぶ。

片山は駆けつけた。

「お兄さん」

晴美がやって来て、「救急車、呼ぶわね」

「そうだな。しかし……手遅れだ」

片山はため息をついて立ち上った。「首の骨が折れてる」

「まあ……」

バーから、あのソムリエが出て来て、

「どうしたんですか？」

と、駆けて来る。

「車にはねられて……」

と、片山は言った。「もっと人手を集めておくべきでした」

「じゃあ……」

「亡くなりました」

「それは……」

と、倒れた男のそばに膝をついたが——。

「ニャー」

と、ホームズが鳴いた。

「待って」

晴美はかがみ込んで、男を仰向《あおむ》けにした。

「これは太田じゃありませんよ」

と、ソムリエが言った。

「え？」

片山は写真と何度も見比べて、「そういえば……。でも似てるような……」

「そんな写真で見るからよ」

と、晴美は言ったが、「待って。——この人、どこかで見たことがあるわ」

「お前が？」

「そう……。この人、松山さんだわ」

いきなり人名が出て来て、片山は面食らった。

「誰だ、それ？」

「クッキーを注文した人」

片山はますますわけが分らなくて、

「どういうことなんだ？」

「見て、この手の傷」

と、晴美は男の手を指して、「銀行強盗のとき、ホームズがつけた傷」

「じゃ、この男が？」

「今日、〈ホープ〉でクッキーを注文してたの。〈松山〉って名のってた」

「もっと早く言えよ」

「忘れてたのよ、色々あって」

と、晴美は言って、「――もう一つ忘れてた！」

バッグを開けると、

「このガラスの器に、この人の指紋が付いてる！」

「指紋は、いくらでも採れる」

「――そうね。でも……そうだわ！」

「まだ何か思い出したのか？」

「クッキーを明日、取りに来ることになってるわ」

と、晴美は言った……。

15　待ち時間

居間に掃除機をかけていた紘子は、一旦スイッチを切って、息をついた。

腰に鈍い痛みがある。

刑務所暮しで、腰を悪くしてしまった。以来、四六時中、重い痛みがやって来て、夜中にも時々目が覚める。

のぞみはやはり女性で、敏感に気付いて、

「ちゃんとマッサージに行きなさい」

と言ってくれるが、今の紘子には、そんな余裕がない。

これ以上、のぞみに甘えることは、紘子の気持が許さなかった。

「ああ……」

ソファにかけて、少し休憩する。

ガラスのテーブルに、器に入ったクッキーが置かれている。

「つまんでいいのよ」

と、のぞみに言われていた。

「一つ、いただこうかしら」

紘子は器の蓋を取ると、中のクッキーをつまんだ。

「おいしいわ……」

甘すぎず、パサつかず、本当によくできている。

少し欠けたり、形が悪かったりで、商品にならないのを、持って帰って来て、この中に入れているというのだが、紘子には、手に取ってみても、どこが悪いのか、よく分らない。

つい、二つ、三つとつまんでいると……。

足首の辺りに何か触れるものがある。

「マリナ！　いつの間に来たの？」

マリナが尻尾を精一杯振って、紘子の足に絡《から》みつくように甘えている。

「すっかり思い出してくれたのね、あんたは！」

紘子はかつての自分の愛犬を抱え上げて鼻同士をくっつけた。

マリナとしては、「過去」はともかく、今は紘子がエサをくれているわけで、昔のことを思い出したわけではないかもしれない。

しかし、紘子は嬉しかった。

のぞみは一日の大半は家にいない。一緒に過ごす時間は紘子の方がずっと長いのだ。

「あんたも一つ食べる？」

体に良くないかとも思ったが、まあクッキー一つぐらいはいいだろう。

紘子はクッキーを一つつまむと、二つに割って、マリナにやった。ちょっと匂いをかいだだけで、アッという間に食べてしまった。

「これだけよ！」

残り半分をやって、紘子は器に蓋をした。

「——さあ、掃除！」

何だか少し元気が出たようだ。

掃除機をかけて、居間から他の部屋へとガラガラ引張って行く。

「廊下は後でいいわね」

と呟いて、ダイニングルームに入ろうとしたときだった。

ウー……。低い唸《うな》り声が聞こえて、振り向く。

「マリナ？」

マリナが姿勢を低くして、前肢でしっかりカーペットをつかみながら、唸り声をたてているのだ。紘子はびっくりした。

　こんなマリナは初めて見た。

「どうしたっていうの？　何を怒ってるの？　え？」

　紘子が身をかがめると——次の瞬間、マリナが紘子に向って飛びかかって行った。

「キャッ！」

　悲鳴を上げて紘子が転倒する。

　マリナが、紘子の腕に思い切りかみついた。

「やめて！　やめて、マリナ！」

　血がふき出す。痛さに目がくらんだ。

　紘子は必死でマリナを押しやると、立ち上ろうとした。そのふくらはぎへ、マリナがかみつく。

　紘子はカーテンをつかんだ。足の痛みによろけながら、カーテンをギュッとつかんでいた。

　カーテンが金具から外れて、紘子はカーテンをつかんだまま転んだ。

「マリナ。——どうしたの！」

　マリナが倒れた紘子の顔めがけて真直ぐ突進して来る。

　紘子は反射的に手にしたカーテンを広げていた。マリナがカーテンに頭を突っ込んだ。

紘子はカーテンでマリナを包むと、力一杯抱きしめた。中でマリナが暴れているが、ギュッと抱いて離さなかった。

「マリナ……。マリナ……。大丈夫よ。落ちついて……」

立ち上った紘子は、かまれた足を引きずりながら、必死に玄関へと向った……。


「紘子さん！」

駆けつけたのぞみは、病院のベッドで横になっている紘子を見て、絶句した。

「すみません……」

「何言ってるのよ！　けがは……」

「マリナは大丈夫です」

「紘子さん」

——ここは動物病院である。のぞみがいつもマリナを連れて来ている。

「ああ、沖野さん」

と、青年獣医がやって来て、「いや、びっくりしましたよ」

「紘子さんの傷は……」

「腕とふくらはぎをかまれて、血を流しながら、カーテンでマリナをしっかりくるんで、抱きかかえてね。凄かったですよ」

「まあ……」

「タクシーの座席を汚しちゃったので」

と、紘子が言った。「後で弁償すると……」

「分ったわ。任せて」

「いえ、私のお給料から――」

「そんなこと、気にしないで！」

のぞみは、血で汚れた紘子の服を見て、首を振った。「どうしてこんな？」

「分りません。でも、マリナのせいじゃないんです。あれはいつものマリナと違ってました」

「今は落ちついています」

と、医師が言った。「確かに、ここへ来たときは、ひどく暴れて。押えつけて鎮静剤を射つのも大変でした」

「今まで、そんなこと、なかったのに」

「そうですね。――何か口にしたもののせいかもしれませんね。中の成分に反応したのかも」

「紘子さん。――マリナに何かあげた？」

のぞみの問いに、紘子は少しの間答えなかったが――。

「あの少し前に……」

「いつものエサと違うものを？」

「はい。――クッキーを」

のぞみが啞然とした。

「クッキーって……。私の所の？」

「ええ。テーブルの上の器から、二、三個つまんでいただいたんです。そこへマリナが来て、ほしそうにするんで、一つあげました……」

「他には？」

「あの前には何も……」

のぞみは何とも言いようがなかった。

「――すみません」

と、紘子が言った。「立て替えていただいたタクシー代と、運転手さんの連絡先を、ここの受付に……」

「分ったわ。――ご迷惑かけて」

「いいえ」

と、医師は首を振って、「この方がしっかり犬を抱きしめて、血だらけで入って来た姿には……圧倒されましたよ」

のぞみは微笑んだ。

昔の、あの「怖い女教師」の紘子の姿を思い出して、きっとあんな風だったのだろうと思ったのである。

「マリナはどうしますか」

と、医師が言った。「一晩、お預かりしましょうか」

「さあ……」

「大丈夫です」

と、紘子が起き上って、「連れて帰りましょう。寂しがりますよ」

「紘子さん……。そんなにかまれて、怖くないの？」

「そんなこと……。我が子だと思えば、かみつかれるくらい」

のぞみは笑ってしまった。

マリナの飼主は、この人なのだ、とのぞみは思った。

「じゃ、そうしましょう。車だから、乗せて行けばいいわ」

のぞみのケータイが鳴った。

待合室へ出て、

「はい、沖野です。――あ、片山さん。――え？　今からですか」


「大変でしたね」

と、晴美が、包帯を巻いた足を引きずっている紘子を見て言った。

「この動物病院は二十四時間、年中無休なんです。人間は我慢できても、ペットはそうはいかないので」

と、のぞみは言った。

「凄いんですね」

「お金もかかります」

「でしょうね……」

マリナは、居間の隅のクッションの上で、静かに眠っている。

「こんな夜中にすみません」

と、片山が言った。「実は、そちらにクッキーを注文した人のことで」

「クッキーですか……」

「松山という男の人が、注文して行きましたね、今日」

「ああ……。そうでした。晴美さん、店においでてしたね。それが何か？」

「その人、死にました」

「え？」

「銀行強盗の犯人かもしれないんです。明日、もし他の誰かがクッキーを取りに来たら……」

「つまり……その人も怪しい、と？」

「何時ごろ来るとは言っていませんでしたね」

「ええ、開店時には用意しておくつもりです。お代もいただいてますし、伝票の控えを一応お渡ししてあります」

「もちろん、取りに来ないかもしれません。でも、一応監視させて下さい」

と、片山は言った。

「分りました。——どうすれば？」

「いつも通りに営業していて下されば。こちらは目につかない所から見ています」

「で、もし誰かが受け取りにみえたら？」

「合図を送る発信機をお渡しします。それを押して下さい。小さいものですから、まず分りません」

「分りました」

と、のぞみは肯いた。

ホームズがテーブルに上っていたが、クッキーの入った器に鼻をつけて、匂いをかいでいる。

「クッキーは食べない方がいいわ。マリナみたいになると大変」

と、のぞみが言うと、ホームズがパッと晴美を振り返った。

「クッキーがどうかしたんですか？」

と、晴美は訊いた。

「それが……」

と、のぞみは口ごもっていたが、紘子がかまれた事情を話して、「――でも、クッキーにそんな成分は入れていないんです」

晴美は器の蓋を開けて、

「お兄さん。――調べた方がいいわ」

「あの……」

と、のぞみが不安げに、「決して悪いものなど入っていません。本当に――」

「でも、犬がそんな状態になったというのは問題です」

と、晴美は言った。

「それは……そうですけど」

のぞみは目を伏せた。

「もちろん、クッキーに何か問題があれば、当然これまでに被害が出ていますよ」

と、片山は言った。「問題はその犬の食べた一個です。それが他と違っていたとしたら……」

「他と違う？」

のぞみは当惑顔で、「それって……」

と、片山たち、そしてテーブルの上のホームズを眺めていた……。


「ね、悪いけど」

と、のぞみは代々木杏に言った。「今日入る材料のチェック、頼んでもいい？」

「いいですけど……。どうかしたんですか？」

と、店に立っていた杏が訊く。

「ゆうべ、ちょっと腰を痛めちゃってね。あんまり動けないの。あなたで大丈夫だと思うわ」

「分りました。私で良ければ」

「じゃ、お願い。——お客様は、引き受けるわ」

と、のぞみは言った。「注文受けてるのはある？」

「あ、昨日、先生が受けられた……松山さんですか。そこに用意してあります」

と、リボンをかけた包みを入れた手さげ袋を指した。

「あ、そうだったわね」

と、のぞみは肯いて、「何時ごろとはおっしゃってなかったわ。みえたらお渡ししておくから」

「じゃ、お願いします」

「ねえ、片山さんとはどうだったの？」

「面白い方ですね」

と、杏は思い出し笑いしながら、「妹さんの方がずっと強くて」

「そんな感じね。——お付合してみるの？」

「あちらが断って来られるかも。私、ガンガンワイン飲んじゃったんで」

と、杏は笑って言った。「じゃ、行って来ます」

「よろしくね」

杏がちょっと奥へ入ると、バッグを手に出て来た。

「行って来ます」

「よろしくね。お昼、食べて来ていいわよ」

「はい！」

杏がいつも通り元気に答えて、店を出て行った。

開店から一時間たっていた。――会社のお昼休みになると、必ずＯＬが何人か買いに来る。

のぞみは、一番よく出る詰め合せを、予め何個か包装しておくことにしていた。

値段も、できるだけ細かいおつりのないように付けてある。

のぞみは、詰め合せの包み、十七個を入れた手さげ袋へ目をやった。袋一つでは入らない。

三つに分けて入れてあり、〈松山様〉というメモが付いている。

「いらっしゃいませ」

常連の女性客だ。「いつもどうも」

「いつもの詰め合せを」

「ありがとうございます」

「今日は二つちょうだい。――今日は息子の彼女の家へ行くの。手土産《てみやげ》に持って行くわ」

「まあ、楽しいお話で」

「そうまとまるといいけどね」

と、財布を取り出す。

そこへ、若い女性がやって来た。

「少々お待ち下さい」

と、のぞみは言った。

「お先にどうぞ」

と、常連客の女性が言った。「私のは、リボンもかけてもらいますから」

「でも……」

と、のぞみがためらう。

「私、受け取るだけで」

と、その若い女性が言った。「昨日お願いした、松山です」

「ああ……」

のぞみは、あの手さげ袋の方へ目をやった。

「あ、それですね。〈松山〉って紙が」

「かしこまりました。伝票の控えをお持ちですか？」

と、のぞみは訊いた。

「それが、主人、他のレシートと一緒に、どこかに捨ててしまったらしいんです」

「そうですか。お入り用の個数は――」

「十七個だと思います」

「結構です。ちょっとお待ちを」

のぞみは〈松山様〉というメモの紙をはがすと、レジの所でボールペンを手に取った。

メモに〈済〉と書き付けると、手さげ袋を三つ、若い女性に手渡し、

「ありがとうございました」

「いいえ、こちらこそ。じゃ、いただいて行きます」

「ご主人様によろしく」

「ありがとうございます」

若い女性は両手に手さげ袋を分けて持って、足早に店を出て行った。

「――感じのいい人ね」

と、常連客が言った。

「え？　――あ、失礼しました」

のぞみは我に返った。

片山に頼まれていた合図の発信機のボタンは、ボールペンを持つときに押してある。後は片山たちに任せるしかない。

「この詰め合せを二個でございますね」

のぞみは、今クッキーを取りに来た若い女性を、どこかで見たことがある、と思ったのである。

あの顔。あの声。あの口調。

「ありがとうございます」

と言われたとき、のぞみはフッとどこか遠くへ引き込まれるような気がしたのである。

どこかで——会ったことがある。

でも、どこだろう？　思い出せない。

「包装とリボンは一つだけでよろしいですか？」

と、のぞみは念を押した。

16 追跡

「あれだ」

と、片山は言った。

両手に手さげ袋をさげて、若い女性がロビーを通って行く。

片山が小さく肯いてみせると、奥のソファから、観光客風の格好をした石津がカメラをいじっているふりをして、その女性を望遠で撮った。

片山は立ち上って、その女性の後をついて行った。ロビーの反対側で、晴美もバッグを肩からかけて、一緒に歩き出す。

バッグの中身は――もちろんホームズである。

女性はふと足を止めると、エスカレーターで二階へと上って行った。

「〈化粧室〉かも」

と、晴美が小声で言って、「私が先に」

少し離れて、片山もエスカレーターに乗る。

「——やっぱり化粧室だわ」

と、晴美が言った。「今、入ってった」

「出るのを待とう。——ここにいちゃ目立つな」

「お兄さんは少し離れて。私はそこの自動販売機を見てるから」

「分った」

片山は化粧室の出入りが見える辺りでエレベーターを待っているふりをした。

——二分たち、三分たった。

その間に、にぎやかにおしゃべりしながら、中年のおばさんたち三人が化粧室から出て来た。

片山と晴美は目を見交わした。——晴美は小さく首を振った。

五分たった。

化粧室から、清掃係の女性がモップとバケツを手に出て来た。薄いブルーの作業服と、頭は布をかぶってマスクをしている。

その清掃係の女性は、エスカレーターでロビーへ下りて行った。

おかしい。——清掃係は、客の使うエスカレーターは普通使わないだろう。

晴美がエスカレーターへと足を踏み出す。バッグからホームズが頭を出した。

「ニャー」

と、はっきりした声で鳴いた。

清掃係の女性がエスカレーターの途中でハッと振り向く。

片山は駆け出した。

「待て！」

と、声をかけ、「石津！　その女を捕まえろ！」

と怒鳴った。

女がエスカレーターを駆け下りる。ロビーへモップとバケツを投げ捨てると、正面玄関へ向って駆け出した。

石津が飛び出して来た。バケツの水がロビーの大理石の床に広がって、石津は止まることができず、足を滑らせた。

「あわわ……」

勢いがついているので、石津は床を一気に滑って、駆けて行く女に追突した。

「キャッ！」

石津とその女がもつれ合うように転倒する。

片山はエスカレーターを駆け下りると、濡れた所をよけて、石津たちの方へと走って行った。

「石津! 用心しろ!」

と、片山が叫ぶ。

清掃係の格好の女は石津の手から必死に抜けだそうとしていたが、右手がポケットに入っていた。

その手が拳銃をつかみ出した。——しかし、女はゴム手袋をしていて、拳銃をつかみそこねて取り落としたのだ。

石津が足を伸して、拳銃を遠くへ蹴った。

「取り押えろ!」

片山が言った。

石津は女にのしかかるようにして押え込んだ。

女の体から力が抜ける。石津は息をついて起き上った。

「石津、大丈夫か!」

「ええ。この通り」

片山は駆けつけたとき、気付いた。この女はクッキーを持っていない。

では、どこに？
片山はエスカレーターの方へ目をやった。
晴美は下りて来ていない。
ということは……。
「石津、その女を頼むぞ！」
片山はエスカレーターに向って走り出した……。
その清掃係の格好の女を追いかけようとして、晴美はハッと足を止めたのだった。
バッグからホームズが飛び出して、晴美に、
「待て！」
と言っているように向き直った。
エスカレーターを駆け降りて行く女は、モップと水の入ったバケツを持っていた。
では、クッキーは？
「違う！」
本当の相手はあの女じゃない。
あの女は、片山たちの注意をひきつける役目なのだ。
では、本当の相手は？

晴美は自動販売機の方へ走って行くと、そのかげに身を寄せて隠れた。足下にホームズが飛び込んで来る。

ロビーで、石津とあの女が大騒ぎになっている。出て来るなら今だ。

化粧室から足早に出て来た女。——あのクッキーの紙袋をさげている。

ロビーの方をチラッと見下ろすと、エレベーターホールへ向う。

晴美は後を追った。

駐車場直通のエレベーターの扉が閉るところだった。

「車に乗るんだわ」

そこへ片山が駆けて来た。

「おい、晴美！」

「今、駐車場へ下りてった」

「よし。階段で行こう」

二人は階段室へと走った。ホームズもついて来る。

駐車場は地下二階と三階にある。

階段を駆け下りて行った。

「車は？」

と、晴美が訊く。

「用意してある」

「地下二階？　三階？　どっち？」

「両方に一台ずつ」

「やるわね！」

晴美が珍しく（？）ほめた。

「しかし――」

「今は何も考えないで」

と、晴美は遮って、「ともかく見失わないことだけを考えましょ」

「うん」

地下二階のドアを開けて、耳を澄ます。

「何も聞こえないな」

「下へ行きましょ」

二人は急いでさらに階段を下りた。

地下三階のドアをそっと開けると、コツコツと靴音が聞こえた。

「あれかな」

「覗いてみて」

少し離れたライトバンに乗り込む人影があった。

「あれだ」

「車は？」

「すぐそこの小型の車だ」

「ライトバンが通るわ」

二人は近くの車のかげに身を潜めた。むろん足下にホームズがうずくまる。

ライトバンがエンジン音を響かせて走り出した。片山たちの隠れている前を通り過ぎる。

「よし、行こう」

片山は車のキーを取り出して言った。

「追いつける？」

「駐車場の出口で料金払うだろ。そこで追いつくさ」

「でも、あんまり近付くと――」

「分ってる」

小型車が地上階へ出る。――ライトバンが出て行くところだった。

「見失わないで」

と、晴美が言った。

「余計なこと言うな！　気が散る」

片山はハンドルを握りしめていた。

大丈夫かしらね。――晴美は、口に出さなかったが、いささか心配だった。

ともかく片山たちの車は、表通りに出て、あのライトバンを追って行ったのである……。


「私が何したのよ！」

と、手錠をかけられた女が石津に食ってかかった。

「逃げようとしただろ」

と、石津は言った。

「そっちが追いかけて来たんじゃないの」

「少なくとも拳銃の不法所持だ。言いわけできないだろ？」

女も、そう言われると渋い顔で黙ってしまった。

ホテルGの警備員室に、石津は女を連れて来ていた。

石津には、晴美から連絡が入って、今、クッキーを持った女を追跡している、と言って来た。

「——失礼します」

と、入って来たのは、沖野のぞみである。

「ああ、どうも」

と、石津が立って、「晴美さんに言われまして。この女性に見覚えはないか、訊いてくれ、と」

「はあ……」

のぞみは、清掃係の作業服姿を見ながら、

「間違いなく、クッキーを取りに来た人です」

と言った。「ただ……」

「何か？」

「この人、どこかで見たことがあるようなんです。クッキーを取りに来たときにも、そんな気がして……」

のぞみは、まじまじと女を見つめた。

女の方は、のぞみと目が合うのを避けるように横を向いていたが……。

「あ……」

と、のぞみが言った。「もしかして……。制服を着てるんで、思い出したわ！　あなたって――スーパーのレジの人ね」

「スーパーの？」

と、石津が面食らって、「どこのスーパーです？」

「以前、私が住んでいたアパートの近くです。そう……。〈鈴木〉さんっていわなかったかしら？」

女は、しばらくのぞみの言葉など耳に入っていないかのようにそっぽを向いていたが、やがて低い声で笑った。

そして、のぞみを意味ありげな目つきで見ると、

「よく憶えてたわね」

と言った。

「やっぱり？」

「ええ、そうよ。でも、思い出さない方が、あなたのためだったのにね」

のぞみの顔が青ざめて、こわばった。

「あのとき……」

「ええ、そうよ。だからこそ、あなただってただのスーパーのレジ係の名前まで憶えてたんでしょ」

のぞみはじっと立ちすくんでいた。

「――あのとき、知っていたのね」

と、のぞみは言った。

「もちろん。一万円札を差し出したとき、あなたは平然としてるつもりだったでしょうけど、どう見たって、青ざめて目つきも普通じゃなくて。――知らなければ、この人これから強盗でもするのかって顔つきだったわよ」

と、口もとに笑みを浮かべて、「あの一万円札が偽札じゃないか、って緊張して見つめてたものね。でも、ちゃんと本物だと分ったときのあなたのホッとした顔！」

のぞみは、じっとその女を見ていた。

石津がその言葉を聞いて、

「偽札って何のことです？」

と、のぞみに訊いた。

「――何でもないんです」

「でも、今……」

「何でもありません！」

そう言うと、のぞみはその部屋から飛び出すように出た。

何かに追われるように足早に歩いて、ロビーに出た。地階のロビーなので、広くはない。客の姿もまばらだった。

のぞみは、ソファに腰をおろした。

いつか……。いつかこの時が来ると思っていた。

特に、成川茂文が殺されたとき、水上のポケットに手紙をしのばせたこと……。あのときの電話は、のぞみが手にした一億円に何か目的があったことを教えていた。

でも、すべてを告白すれば、〈ホープ〉のクッキーも、何もかもおしまいだ。

店も、家も、マリナも……。すべてを失うことになるだろう。

といって、あの〈鈴木〉という女が何を企んでいたにせよ、それに加担するようなことはできない。

「覚悟を決めなさい、のぞみ」

と、自分に向って言った。

そう。――ここまでクッキーの店を成功させて来た日々は楽しかった。

そういう経験ができただけでも、良かったのだ。

そう頭では考えていながら、のぞみは、

「失いたくない！」

と、心の中で叫んでいた……。

庭で遊んでいるマリナを、針山紘子はテラスから眺めていた。

足の傷が痛むので、一緒に遊んでやることはできなかった。

少し風が冷たい。

でも、紘子はマリナの元気に走り回る姿から目を離すことができなかった。

「マリナ……」

そう。刑務所の中で、一人孤独をかみしめているとき、紘子を支えたのは、マリナとの思い出だった。

沖野のぞみに任せては来たが、果して本当に面倒をみてくれているだろうか、と不安だった。

こうして、今マリナと一緒にいられることが、夢のようだ……。

玄関のチャイムが鳴っている。

「誰かしら」

と立ち上って、「マリナ！　もう中へ入りましょう」

と呼んだ。

マリナが、すぐに駆けてくる。

「いい子ね。——さ、入って」

居間へ入ると、もう一度チャイムが鳴った。

「はい、どなた?」

と、液晶画面を見ると、宅配の業者のようだ。

「お荷物です」

「はい、ちょっと待って」

足が痛むので急げない。

玄関へ出て、ドアを開けると、小ぶりな段ボールで、

「サインをお願いします」

「はいはい」

受け取って、紘子は差出人を見た。——どこかの団体だろうか。

もちろん宛名《あてな》はのぞみになっている。

しかし、こういう荷物は沢山来るので、とりあえず紘子が開くことにしていた。

台所のテーブルに置いて、テープをはがす。

マリナが足下に来てじゃれている。

「だめよ、邪魔しちゃ」

と、紘子は笑って言った。

段ボールを開けると、中にもう一つ箱が入っていた。木の蓋がついていて、箱そのものは金属製のようだ。

「何かしら……」

と呟くと、紘子は中の箱の蓋に貼ってあった〈謹呈《きんてい》〉の紙をピッとはがした。

のぞみ宛てに、「これを食べてみて下さい」といった品物はよく送られてくる。

知り合いの人、全く知らない人も、雑誌などでのぞみのことを知ってか「わが町の名物です！」という手紙を添えて送って来るのである。

紘子は、木の蓋を取ろうとしたが、きっちりと納まっていて、なかなか外れない。

「いやね、もう……」

と、顔をしかめて、指先に力を入れると、やっと少し蓋が動いた。

ウー……。

紘子は、マリナの方へ目をやった。

「どうしたの？　もうかまれたくないわ」

マリナは、紘子めがけて飛びかかっては来なかった。むしろ、警戒するかのように、ジリジリと後ずさりをしている。

「おかしいわよ。ただ荷物を開けているところなのに」

ガタッと音をたてて蓋が外れた。

その瞬間、ボンと音をたてて、紘子の手元で何かが弾けた。白い煙がフワッと立ちこめて、紘子はむせた。

その煙を吸い込むと、紘子はたちまち気が遠くなった。

声一つ上げずに、紘子は床に崩れるように倒れてしまった……。

17　写　真

石津は悩んでいた。

あの〈鈴木〉という女は、他の刑事に託して連行させたが、片山たちから一向に連絡が入らない。

誰かを尾行して行ったことは分っていたが、どんな状況にいるか分らないので、こっちから片山や晴美のケータイにかけるわけにいかない。

「どうするべきか……」

と、石津はハムレット並みに悩んでいた。

「昼飯を一人で食べに行っていいものか……」

石津としては大問題だった。

いや、片山さんも晴美さんも、今怪しい人物を追いかけているのだ！　こんなときに一人でのんびり昼食などとっていられるか！

しかし、「腹がへっては戦ができぬ」とも言うし……。いざ、片山さんから、

「すぐ来い！」

という連絡があったとき、グーグー鳴るお腹で駆けつけるわけには……。

「うん。やはりそうだ」

妥協点としては、いざ、というときのために、昼食をできるだけ急いでとって来ることだ、と決めたのである。

「よし、一番早く出て来るカレーライスにしよう！」

メニューまで決めて、石津はホテルの中のカジュアルなレストランへと入った。

案内されるのも待たずに、出入口の近くのテーブルにつくと、

「カレーライス！」

と、ひと声。

ウエイトレスがあわてて駆けつけて来た。

「いらっしゃいませ！　ただいまメニューを――」

「カレーライス！」

「はい。オーダーを確認させていただきます」

新人のウエイトレスは、教育された通りに、

「ええと、カレーライスがお一つでございますね」

「ライス大盛り！」

つい、いつものくせで言ってしまった。

「は……。あの、そういうものは扱っておりませんが……」

ウエイトレスがしどろもどろになっていると、

「普通のカレーでいいのよ」

と、声がした。「石津さん、こっちへいらっしゃいよ」

石津は唖然として、少し奥のテーブルに、片山と晴美がいるのを見た。

「晴美さん！　戻っておられたんですか！」

「連絡しなくてごめんなさい。——このテーブルに」

「はい！」

石津は急いでテーブルを移った。

片山がひどく難しい顔をして、腕組みしたまま黙っている。

「片山さん……。どうかしたんですか？」

と、石津が恐る恐る訊くと、

「ちょっとね。——ショックを受けてるのよ」

「ショック……。お腹が空いてるんですか?」

「そんなもの、ショックと言うか」

と、片山が言った。

「ニャー」

「あ! ホームズさんもご一緒で!」

と、あわてて足下のホームズの方へ手を振った。

「石津さん、あの清掃係の格好してた女はどうなったの?」

「はあ。〈鈴木〉って名前だけは分りました」

「〈鈴木〉?」

「一年前には、スーパーのレジ係だったとか……」

「どういうこと?」

「それがよく分らないんです」

石津が、沖野のぞみとあの女とのやりとりを説明すると、

「偽札? ――どういうことかしら。のぞみさんにも何か隠してることがあるのね」

と、晴美は言った。

「人間は誰も信用できない」

と、片山がため息と共に言った。

石津のカレーが先に来て、晴美は、

「先に食べて。私とお兄さんはAランチにしたから」

「そうですか……」

石津は後悔の思いを必死で押し隠したのだった……。

ランチを二人が食べていると、

「ここにいたのか」

「南田さん。どうしたんですか？」

晴美が目を丸くする。検死官の南田がスーツにネクタイという格好でやって来たのである。

「ここでこの後、親戚の結婚式があるんだ」

と、南田が椅子にかけて、「お前さんたちがこのホテルにいると知って、鑑識の奴がこれを持ってってくれとさ」

南田が上着の内ポケットから、封筒を取り出して置いた。

「何です？」

「例の女だ、水上の病室で射殺された」

「あの女が……」

「ＩＣレコーダーには何も入っていなかったが、ケータイに映っていた犯人の顔を、頑張って見分けられるところまでこぎつけたそうだよ。今の鑑識は大した技術を持ってるもんだな」

晴美が封筒から、プリントした写真を取り出した。それを見て、

「お兄さん……」

と、写真を渡した。

片山はそれを受け取って、ぼんやりしてはいるが、拳銃の発射の瞬間、その明りに照らされている女の顔が見分けられた。

「あの秘書だな」

「ええ。――高浜令子さんだわ」

「となると……。成川茂文を水上に射殺させた計画にも加わってたってことか」

「その可能性は高いわね」

「後はお前さんたちに任せるよ」

と、南田は言って立ち上ると、「新しい死体を見付けて来ないでくれよ。今日は思い切り酔ってやるんだから」

そばへ来ていたウエイトレスが、呆然と南田を見送ってから、

「あの……今、『死体』って聞こえたんですけど……」

「気にしないで」

と、晴美が言った。「葬儀屋さんなのよ」

「あ、そうですか……」

ホッとした様子で、ウエイトレスは戻って行った。

「そうだわ」

と、晴美が写真を手にして、「成川文乃さんに知らせておかないと。〈闇将軍〉が、文乃さんの命も狙うようなこと言ってた。秘書のことを信用してたら、危いわ」

「そうだな。――電話しよう」

片山がすぐケータイを取り出して、成川文乃のケータイへかけてみた。

少し間があったが、

「もしもし、片山さん？」

「ええ。実はお知らせすることが――」

と、片山が言いかけると、

「こっちも、今片山さんにかけようと思ってたの！」

と、文乃がやや上ずった声で言った。

「何かあったんですか？」

それを聞いて、晴美も片山のケータイへ耳を寄せる。

「それが……。大変なことになって……」

文乃らしくない。ひどく興奮している様子である。

「文乃さん――」

「あのね、冗談でも何でもないの。聞いて。主人が戻って来たの！」

そんな冗談が言えるわけはない。

「ご主人が？　しかし――」

「私もびっくりして、気絶するかと思ったわ！」

「本当に成川さんなんですか？」

「マンションへ来て。これからすぐ！」

――石津がカレーライスを食べ終えていたのは幸いだった。

その男は、無精《ぶしよう》ひげをはやし、着ているスーツもワイシャツもひどく汚れていた。

そして、ソファにぐったりと横たわって眠り込んでいる。

片山、晴美、それにホームズは、その男をじっと見下ろしていた。――ホームズは居間のテーブルに乗っていたのである。

「確かに……」

と、晴美は言った。「成川さんみたいですね」

「でも射殺されたのは？」

と、片山は言った。

「私、片山さんに言ったと思うけど……」

「双子の弟さんがいる、ってことですね。もちろん憶えてますよ」

と、片山は肯いた。「連絡を取るって言ってませんでした？」

「取ってみたけど、住所も電話も、もう今は使ってなくて。捜すほどの手間をかける余裕がなかったの」

「それはそうですね。都知事になるんですもの」

「信じられないくらい、しなきゃいけないことがあるの。――でも、よく考えると、しないで放っとけば、誰も文句は言わないのね。少なくとも周囲の人たちは。前のお年寄の都知事は週に二日しか登庁してなかったそうだけど、問題を放っておけば、それでも済むって、怖いことだわ」

「文乃さんはそんなことはないって信じてます」

「ありがとう。でも……この人が本当に主人なら、都知事選はどうなるのかしら」

「変りませんよ。立候補したのは文乃さんなんですもの」

「そうね……。でも、高浜さんのこと……」

「ええ、びっくりしました」

「一体どうしたのかしら」

と、文乃がため息をついて、「ひどく疲れてて、心配はしてたけど……」

「何かわけがあるんですよ。――もしかすると……」

と、片山が言いかけると、ソファで寝ていた男が、

「ウーン……」

と唸って身動きした。

そして、目を開けると、まぶしげに瞬きをした。

「気が付いた？」

と、文乃が呼びかけると、男は目を細くして、じっと文乃の顔を見上げ、

「――義姉《ねえ》さんですか？」

と、かすれた声で言った。

「あなた……安文《やすふみ》さん？」

「ええ……。どこですか、ここ？」

「私の――マンション」

「ああ……。じゃ、辿り着いたのか」

と言って、咳込む。

「大丈夫？　無理しないで！」

「いや……大丈夫です」

と、ソファにゆっくり起き上ると、「何か……飲むものを下さい。水でいいです」

「待って」

文乃がグラスに水を入れて持って来ると、男は一気に飲み干した。

「ああ……。おいしい！」

と、嘆息して、「この人たちは？」

と、片山たちを眺めた。

「刑事さんよ。あなたが……てっきり茂文さんかと思って」

文乃は何とか落胆の思いを表情に出さずに言った。

「兄貴……。兄貴はいないんですか？」

「知らないの？　あの人は殺されたわ」

「え？　——本当に？」

と、愕然として、「それで刑事さんが？　僕は成川安文です」

と、会釈した。

「文乃さん！　大丈夫？」

晴美が、よろける文乃を急いで支えた。

「ごめんなさい……。気が張っていたのが、急に……」

「ええ、分ります。少し横になって下さい。ね？」

「ごめんなさい……。安文さん、ちょっと……」

「ええ、僕は大丈夫です」

晴美は文乃を寝室へ連れて行って、ベッドに寝かせた。

「ごめんなさい……。とんだ勘違いで……」

「いいえ。少し眠った方が。疲れてるんですよ」

「そうね……」

と、目を閉じて、「そんなこと、あるわけないわね。あの人が生きてるなんて……」

「文乃さん……」

「でも……万に一つ……」

と言いかけて、文乃は声を殺して泣き出した……。

18 包囲

「そんなことがあったんですね」

と、成川安文は言った。「義姉さんが都知事に……。そうですか」

車はそろそろ夕方になろうとする町並の中を走っていた。下町の、工場の立ち並ぶ辺りだ。

「どうですか?」

と、片山が訊いた。

「そうですね……。たぶん、この辺りだと……」

安文は車の窓から表を眺めて、「少しゆっくり走らせて下さい」

車を運転している石津が、スピードを落とす。

「似たような建物が多いな」

と、安文は言った。「こういう閉鎖された工場だったんです。監禁されていたのは……」

車の助手席には晴美が、後部座席には、片山と成川安文が座っていた。

安文がずっと監禁されていたという場所を捜しに来たのである。

「——でも、本当に似てらっしゃるのね」

と、晴美が言った。

「兄とですか？　一卵性双生児でしてね。小さいころは、よく学校の先生を騙《だま》して面白がっていたものです」

ひげを剃《そ》り、服も替えてさっぱりすると、安文は確かに兄の茂文とそっくりだった。

「文乃さんも可哀そうに」

と、安文は言った。「外見は似ていても、兄は僕と大違いで、優秀な男でした。僕は何をやっても、ものにならず、兄が都知事になったら、事務所で雇ってもらおうかと思ってたんです」

安文は外を見て、

「ちょっと——停めて下さい」

外へ出ると、周囲を見回して、

「いや……。ここじゃないな」

と、車に戻る。「すみません。もう少しこのまま……」

車が動き出すと、片山が言った。

「あなたを監禁した連中に見覚えは？」

「いや、じかに顔を見ていないので。――男の声、女の声は聞こえましたが、話の中身までは……。食事もドアの下の隙間から入れてくれるので、全く顔は見えません」

「監禁されたときのことは？」

「それもよく……。今思うと、食事に何か薬でも入れられていたのかもしれません。いつも頭がボーッとしていて、時間がどれくらいたったのかも分りませんでした」

と、首を振る。

「逃げられただけでも良かったですね」

と、晴美が言った。

「全くです。食事を食べなかったのが良かったのかな。――ともかく、何か騒ぎがあったようで、怒鳴っているのが聞こえました。それから、いやに静かになって……。誰もいなくなったのかもしれないと思って、思い切って、ドアを叩き壊そうとしたんです」

「壊れたんですか？」

「いや、どうなったのか分りません。スチールの椅子をガンガンドアに叩きつけていたら、その内ドアがスッと開いたんです」

安文はそう言って、「表に出て、ともかく誰かいないかと……。その内、ひょっこりと夕クシーが停っていて、ドライバーが中で居眠りしてるのに出食わして、窓を叩いて起こし、うろ覚えでしたが、兄のマンションへ……」

「犯人らしい人物は見かけなかったんですか？」

「ええ、全く。逃げるのに夢中で、何も考えませんでしたが……」

「当然ですよ」

と、片山が肯く。「少し暗くなって来ましたね」

そのとき、安文が、

「停めて下さい！」

と、声を上げた。

石津が車を道の端へ寄せて停める。

安文は車を降りると、

「たぶん……この辺を逃げて来たような……。そこの錆《さ》びたスチールの看板に見憶えがあります」

「方向的には？」

片山たちも降りた。ホームズも晴美の膝から降りて表へ出てくる。

「こっちから来たと思います……」

安文は、車の通れる道から、人一人やっとという細い道を抜けて、「そう……。たぶん、この向う側辺りが……」

廃屋になった工場が目の前にあった。

「——これだ」

と、安文は言った。「ここです。ここの二階に閉じ込められてたんです」

「分りました」

片山は肯いて、「中に誰かいるのかどうか分らないな」

「お兄さん」

と、晴美が指さす。

薄暗くなった中、その工場の窓にパッと明りが灯《とも》ったのである。

「石津、見張ってろ」

と、片山は言った。「どこから逃げられるか分らない。応援を呼んで包囲しよう」

「ええ。成川さん、車の方へ」

「いや、大丈夫です。あんな目にあわされたんだ。見届けます」

と、安文は言った。

片山はケータイを取り出すと、連絡を入れた……。

「おい、片山」

と、暗がりの中から声がした。

「根本《ねもと》さん。どうですか?」

片山は先輩の根本刑事の姿を見分けた。

「うん。工場の向う側は高い塀《へい》がある。しかし、古くて穴があいてたりしたから、そこをふさいだ」

「じゃ、逃げ道はこっち側だけですね」

「今、十人以上が持場についてる。準備でき次第、連絡が来る」

と、根本は言った。「中の様子はどうだ?」

「窓に時々人影が映ります。少なくとも三、四人はいそうですね」

「成川茂文の暗殺を命じた〈闇将軍〉ってのがいるんだろうな」

「たぶん。少なくとも、それにつながる手掛りはあるでしょう」

と、片山は言った。

「文乃さんの方は大丈夫?」

と、晴美が言った。

「ちゃんと警官をつけてある」

と、根本が肯いた。

暗がりの中に、時折人影が動く。

「ぐずぐずしてるな、全く」

と、根本が舌打ちした。

「――お兄さん」

と、晴美が小声で言った。

「どうした？」

「あの安文さんのことだけど……」

「あの人がどうした？」

安文は、少し離れて、パトカーの中で待機していた。

「あそこにいる連中が成川茂文さんを殺させたとして、安文さんを監禁してどうするつもりだったのかしら？」

「さあな……。それは逮捕して取り調べてみないと分らない」

「そうね……。何かに利用するつもりだったんでしょうけど」

と、晴美は言った。「それとね、もう一つ――」

根本のケータイがマナーモードで震えた。

「来たな！　――もしもし」

と出たが、「――何だ？　――おい、今忙しいんだ！　――分ったよ。忘れないから。――ああ、それじゃ」

と、仏頂面《ぶっちょうづら》になっている。

「どうしたんです？」

「女房からだ。今度の日曜日が子供の学校の運動会だって憶えてるか、と言いやがる」

「憶えてたんですか？」

「去年、完全に忘れてたんだ。事件の後で夕方まで眠っちまった。それで今年はしつこいんだ」

「そりゃ、無理もないですよ」

と、片山は笑いをかみ殺した。

また根本のケータイに着信がある。

「今度こそ。――おい、どうした？　――よし、一分たったら始める」

根本が片山の方へ肯いて見せる。

「銃を持ってる可能性が高い。気を付けろよ」

と、根本は付け加えた。

「分ってます。晴美、ここにいろよ」

「はいはい。ホームズと二人で待ってるわ」

「石津は外の階段の下に待機してる」

「一気に踏み込むの？」

「ああ。扉も階段もガタが来てて、音をたてずに近付くのは無理だ。一気に囲んでおとなしく出て来るように仕向ける」

「気を付けて」

「ああ」

片山も、めったにないこと――拳銃を抜いた。

「あと十秒」

と、根本が言った。「……五秒。……よし行くぞ！」

そのとき、工場の周囲に設置された大型の照明が一気に点いて、工場の建物を照らし出した。根本が拡声器を手にして、

「警察だ！　周囲は完全に包囲した。手を上げて出て来い！」

窓の明りが消えた。

「突っ込め!」

と、根本が怒鳴った。

警官たちが一斉に工場の中へ。扉がきしみながら開けられ、外階段は石津たちが駆け上って行く。

「ホームズ、危いわよ!」

晴美の足下からホームズが飛び出して行ったのだ。「ホームズ、待って!」

晴美もホームズを追って工場の中へと走って行った。

二階部分は工場の奥だけにあって、外と同じスチールの錆びた階段がある。

根本が先頭に立って、階段を駆け上って行く。片山は工場へ入った所で、落ちていた工具

につまずいて転んでしまった。

「何やってんのよ!」

と、晴美に叱られて、

「転びたくて転んだわけじゃない!」

と、片山は言い返しながら、膝をさすった。

「お前、何してるんだ?」

「ホームズが来たから——」

と、晴美が言いかけたとき、爆発が起った。

「伏せろ！」

と、片山が晴美に覆いかぶさる。

ホームズはさらに晴美の下になっていて、「ムギュ……」と目を白黒させていた。

「どうしたの？」

晴美が顔を上げる。

煙が薄れると、二階部分へ上る階段の一番上の辺りが吹っ飛んで失くなっていた。

「根本さん！」

片山が駆けつけると、

「大丈夫……。大丈夫だ」

顔がすすで真黒になった根本が、階段の途中で倒れていたが、片山が上ろうとすると、

「来るな！　危い！」

と、怒鳴った。

「みんな、下りろ！　そっとだ！」

二階とつながる部分が失くなって、スチールの階段は今にも倒れてしまいそうだったのである。

「外の階段は？」

と、片山が言ったとき、建物の外で爆発音がした。

「石津さん！」

晴美は急いで外へ出ると、外階段の方へと回った。

「危い！」

外付けされた階段全体がミシミシ音をたてて、ゆっくりと建物から離れて倒れて来たのである。

「飛び下りろ！」

石津が怒鳴って、倒れる階段から地面へ飛び下りた。

警官たちが、下敷になりかけて、あわてて逃げる。

派手な音をたてて、階段が崩れて来た。

「――石津さん！　大丈夫？」

と、晴美が駆け寄る。

「何とか……。足首をひねったみたいですが……」

「無理しないで」

「いや、ちゃんと歩けます……。いてて！」

「ほら、だめよ！」

晴美が石津に肩を貸して、工場の正面へと連れて来る。

「生きてたか」

片山が息を弾ませ、「階段が二つとも使えない」

「でも、どういうつもり？　上れないけど、向うも逃げられないじゃないの」

「わけが分らないよ」

と、片山は首を振った。

「まさか……」

晴美はまだ煙の立ちこめる工場の中へ入って行った。

「おい、危いぞ！」

「ね、幸子の最期を思い出して。しくじったって分ったら、自分で心臓を撃ち抜いた」

「ああ、そうだったな」

「もしかして、『失敗したときは死ななきゃいけない』って思い込んでたら……」

「自殺するっていうのか？　――しかし、止められない」

二階の部屋に明りが点いた。

「おい！　素直に出て来い！」

と、根本がハンカチで顔を拭いながら怒鳴った。「逃げられないぞ！」

そのとき、銃声が響いた。

撃って来たのではない。二階の部屋の中で発射したのだ。

「死んじゃだめよ！」

と、晴美が叫んだ。「生きてなきゃだめ！」

「おい、片山——」

「失敗して、逃げられなくなったら、自分で死ぬように信じ込まされているのかも」

「何だと？　しかし——上って行けない」

中の階段は辛うじて倒れていないが、二階との間がスッポリ空いて、しかもそこまで上ろうにも、人の重みで倒れてしまいそうだ。

そのとき、ホームズがタタッと駆け出すと、階段を駆け上って行った。

「ホームズ！　だめよ！」

と、晴美が叫んだ。

ホームズは残っている階段の一番上まで駆け上ると、その勢いで二階の床へと跳んだ。

「ホームズの重さなら耐えられたんだ」

「でも——」

ホームズの姿が見えなくなった。

銃声がして、同時に明りが消えた。

「ホームズ！」

と、晴美が叫ぶ。「気を付けて！」

銃声が続けざまに聞こえた。五発、六発……。

「銃も一挺じゃないぞ」

と、根本が言った。

十発以上の銃声がして、静かになった。

「ホームズ……。無事かしら？」

晴美が階段の下へ行って、「ホームズ！　生きてる？」

と呼びかけた。

「おい！　梯子《はしご》を持って来い！」

と、根本が怒鳴った。

「ホームズ……。まさか……」

晴美が祈るように手を合せていると――。

二階の床の端から、ヒョイとホームズが顔を出して、

「ニャー」

と鳴いた。

「良かった！　ホームズ！」

晴美が飛び上る。

「おい、危い！」

と、片山が晴美を引張り戻した。

次の瞬間、キーッと金属音がして、階段がガラガラと崩れ落ちたのだった……。


パトカーの所へ片山たちが戻って来ると、成川安文が外へ出て来て、

「どうなりました？　ずいぶん大きな音が……」

と訊いた。

片山と晴美は、ちょっと顔を見合せた。

「いや、どうも……」

と、片山は首を振った。「最悪の結果になりましたよ」

「というと？」

「犯人たちは、ピストル自殺してしまったんです」

と、晴美が言った。

「何ですって？　――みんな、ですか」

「ええ。全員。まさかあんなことになるとは……。ともかく現場での検証や検死も必要なので、時間がかかります」

と、片山は言った。「文乃さんの所へお送りしますか？」

「そうですね……。いや、義姉さんはまだ僕を見ると辛いでしょう。どこかホテルを取ってもらえませんか」

「分りました」

「じゃ、ホテルGがいいわ。警備もしっかりしてるし」

「そうだな。連絡してみましょう」

「お願いします」

と、安文は言って、「――しかし、犯人たちは何が目的だったんでしょうね」

と、呟くように付け加えた……。

19　悪　夢

「今晩は」

ガードマンが会釈して、「まだお仕事ですか」

「ええ」

のぞみは微笑んで、「後でクッキーをお届けしますね」

と言った。

「それはどうも。いつも楽しみにしてるんですよ」

「嬉しいですわ。今度、奥様とお子さんにも持って帰って下さいな」

「そりゃどうも。女房も、あのクッキーが大好きでしてね。大喜びしますよ」

「じゃ、明日にでも」

のぞみは会釈して、ホテルGの地下一階へと下りて行った。

もう深夜一時を過ぎていて、並びの他のショップは、もちろんどこも閉めて人影はない。

のぞみは〈ホープ〉の鍵を開けて中に入ると、明りを点けた。

〈今日は仕事で遅くなるから、先に寝て〉

と、メールを紘子宛てに送った。

「仕事？——そうね。店を閉めるかどうか決める、って仕事ね」

と呟く。

〈ホープ〉のクッキーを好きで、楽しみにしてくれているお客たち。——でも、ここがなくなれば、また別のおいしいものを見付けるだろう。

「ああ……」

のぞみは頭を抱えた。

冷静に考えれば、あの鈴木美幸《みゆき》というスーパーのレジ係が言ったことを、刑事が憶えているだろうから、いずれすべて明らかになる。

それなら、前もってこちらから一億円のことを持ち出した方がいいだろう。

そうは思うのだけれど……。

もしかしたら——このまま、何もかも曖昧《あいまい》に終ってしまうかもしれない。そしてすべて忘れ去られて、のぞみは今まで通り〈ホープ〉を続け、マリナとも暮せるかもしれない……。

そのかすかな希望を、打ち消す度胸が、なかった。

「どうしよう……」

と、のぞみが呟くと——。

「悩んでるんですか？」

と、声がして、のぞみはびっくりして腰を浮かした。

「杏ちゃん！　びっくりした！」

いつの間にか、代々木杏が立っていたのである。

「杏ちゃん……。いつ、ここに？」

「ずっといました」

「ずっと？」

と、のぞみは首をかしげて、「でも、暗かったわよ」

「まだ先生がいると思わなかったんで、この奥で仕事してました」

「じゃあ……」

「足音がしたんで、明り消したら、先生が入って来て」

「そう……。でも、こんな時間に、何してたの？」

杏はそれに答えず、

「先生は何を悩んでたんですか？」

「私？　ちょっとね……。この仕事をやっていけるかどうか、って……」

「やっていけますよ」

と、杏は言った。「一億円のことは内緒にしておけばいいんです」

のぞみは息を呑んだ。

見上げる杏の表情は、いつもと微妙に違っていた。

「杏ちゃん……」

「あの鈴木って子が余計なことを言ったんですね。本当なら、捕まる前に死ぬはずだったのに」

「あなたは……」

「一億円を、あそこに置いたのは〈闇将軍〉に指示された私です」

「何ですって？」

「先生が、会社で辻課長との仲に疲れ切ってること、分ってたんです。そこに、就職相談の名目で堺紀美江が伺ったんですよ」

「堺紀美江さん……。あの殺された子？」

「先生と親しくなって、色々話している内、お金があったら、クッキーのお店を持ちたいって先生が言うのを聞いたんです」

「私が……そんなことを言ったの？」

「憶えてないでしょうね。でも、ともかく辻との関係も清算して、会社を辞め、お店が出せる。――そのためのお金を用意してあげたんです」

「そんな……。何のために？」

のぞみは、夢を見ているのかと思った。

「先生の作るクッキーです」

「クッキーが……」

「まさか、こんなにうまく人気商品になるとは思いませんでしたけどね」

「あなたは――何か目的があって、この店に来たのね」

「もちろん！　先生に気に入られて、この店に誘われるように。凄く勉強したんですよ、うまくクッキーが焼けるように」

と、杏は言った。

「なぜそんなことを？　何が狙いだったの？」

と、のぞみは訊いた。

「クッキーの中に、薬を混ぜるためです」

「――何ですって？」

「人々を精神的に支配して、思いのままに操るための薬です。もちろん、すぐにどうにかなるってものじゃありません。少しずつ、少しずつ効果が現われるようになるんですよ」

「あなたは……私のクッキーに、そんなものを……」

のぞみの声が震えた。

「あなたのクッキー？　違いますよ。一億円あげて、クッキーを作らせたのは、〈闇将軍〉です」

「何なの、それは？」

と、のぞみは言って、「マリナがおかしくなったのは、その薬のせいね！」

「全部のクッキーに入れたわけじゃありません。私がこっそり作っていた分だけですから、まだこれからです。その一つが、たまたま先生がお宅に持って帰った分に紛れ込んでしまったんですね。犬にはどういう効果があるか、分って良かったですけど」

「そんなこと……させないわ！」

「今さらやめられませんよ」

と、杏は微笑んだ。「だって、先生はもう殺人の共犯者なんですから」

「どういう意味？」

「水上さんのポケットへ手紙を入れたでしょ」

「それが何だというの？」

「水上さんは、薬入りのクッキーをずっと食べていて、簡単に暗示にかかるようになってたんです。先生が渡した手紙には、ひと言、〈実行せよ〉とあったんです。それを読むと、拳銃で成川茂文を射殺するように命令されていたんですよ」

「そんな……」

「水上さんはその後、すぐ自殺するように命じられてたんですけど、それはやりそこなって。——先生、高浜令子さんへ電話したでしょ？　先生からの電話を聞いたら、高浜さんは水上さんを殺すことになってたんです」

「そんなことが……。うまく行くわけないでしょ！」

「そう。実際には色々あって。でも、あのクッキーのことは誰も疑ってない。急がず、少しずつ人々の間に広めて行きます」

「私は……ごめんだわ！　そんなことに協力しないわよ！」

杏はちょっと笑って、

「今、悩んでたじゃないですか。分ってますよ。ここまでやって来た店を潰すんですか？もったいないですよ。黙ってれば分りません。先生は普通のクッキーを売る。人気が高まる。その中に私の作った薬入りのクッキーを混ぜて行くと……。もっともっとお店も増えて、マリナと楽しく暮せますよ」

「杏ちゃん……。恐ろしい人ね」

「私は〈闇将軍〉の忠実な部下ですわ」

「誰なの、〈闇将軍〉って？」

「会いたいですか？」

と、杏は言った。「ご案内しましょう」


文乃は、ドアの前に立って、ルームナンバーを確かめた。

「ここだわ……」

ちょっと息をつき、背筋を伸してから、チャイムを鳴らす。

すぐに、

「はい」

と、返事があって、ドアが開いた。

「――すみませんね、義姉さん」

と、安文が言った。「こんな時間に、呼んだりして」

「いいえ。私も気になってたから……」

と、文乃は首を振って、「入っても?」

「ええ、もちろん。どうぞ」

少し広めのツインルームだった。

「飲物を取っておきましたよ。紅茶でいいですか」

「ええ。いただくわ」

文乃はソファにかけると、ポットからカップへ紅茶を注いで、砂糖を入れた。

「ご心配かけて」

と、安文が言った。

「いいえ。私こそ。取り乱してしまって恥ずかしいわ」

文乃はゆっくりと紅茶を飲んで、「このところ、忙しくて疲れてたの」

「そうでしょう。都知事となれば当然ですよ」

「本当に……。私につとまるのかしら」

と、文乃はちょっと笑った。

「片山刑事さんから連絡が……」

「メールで、あなたを監禁していた連中のことを……。どうだったの?」

「いや、本当は逮捕して白状させたかったんですがね。——犯人たちは自殺してしまいました」

「まあ。——犯人たち？　じゃ、みんな、ってこと？」

「ええ。何人もいたようですが、警察に囲まれて……。止められなかったそうです」

「何てこと……。じゃあ真相は分らないままね」

「そうですね」

「ひどい話だわ……」

と言うと、文乃はちょっと手で頭を押えて、「何だか……おかしいわ。めまいがして、ボーッとしてる……」

「大丈夫ですか？」

「どうしたのかしら……。疲れたせいか……」

文乃は頭を振って、「変だわ、こんなこと……」

と、息づかいを荒くした。

すると——安文がゆったりとソファに座り直し、大きく息をついて、フッと口元に笑みを浮かべた。

そして、声を上げて笑ったのである。

その笑い声を聞いて、文乃は目を見開くと、

「その声！　──あなた！　あなたなのね！」

と叫んだ。

「ああ」

「じゃ、殺されたのは……」

「あれが弟の安文さ。時間をかけて、体重を減らし、髪も似せて、死体になれば君でも見分けられないところまで細工した。いい出来だったろ？」

と、成川茂文は言った。

「どうして……どうしてそんな……」

「安文には、『俺の影武者になってくれ』と頼んだ。俺のふりをしててくれれば、それだけで月に何百万もやる、と言ったら、あの怠け者は二つ返事で引き受けたよ」

「あなた……。紅茶に何か入れたのね」

「ああ。君も知ってるあの薬さ。もっとも、ほんの少しだから、何の味もしなかったろう？」

「どういうこと？」

「これから、君をあの薬の中毒にする。それで君は何でも俺の言うなりになる。自分から進んでね」

「何ですって？」

「表向きはあくまで安文で通し、君の補佐役になる。そして実際は君を操って、この国を好きなように動かしてやる。脅迫状など見れば、君はますますやる気になるだろうしね」

「――どうかしてるわ！」

文乃はソファから床へ崩れるように落ちて、「あなた……あなたはどうしてしまったの！」

「どうかしているのはこの国の人々さ」

と、成川は言った。「都知事になっても、国を変えるところまではいかない。それで思い付いたんだ。あの薬の効用を知って、これを利用しようとね」

「あなた……」

文乃が床に伏して、苦しげに喘《あえ》いだ。「お願い、正気に戻ってちょうだい……」

「俺は正気で、君を都知事として全国的な人気者にしてみせる。そして、国政を動かすまでに育て上げる。それには君が表に立ち、俺が裏で動かす方がいいんだ」

「あなた……」

ドアをノックする音がした。

成川は立って行ってドアを開けた。

「さあ、どうぞ」

「あなたは……」

のぞみが愕然とする。

「さあ」

と、杏が言った。「ご紹介しますわ、先生。〈闇将軍〉を」

文乃が顔を向けて、

「あなたは……」

「まあ、文乃さん！」

と、のぞみが駆け寄った。「しっかりして下さい！」

「あんたのクッキーはすばらしい」

と、成川が言った。「全国に広まるだろうよ」

「他の人たちは？」

と、杏が訊く。

「計画通り、片付いた。もう利用価値もないし、薬の効き目を調べるにも充分だ」

「はい」

「お前は、この先生と一緒に、クッキーの人気を高めてくれ。いずれすべてにあの薬を入れる」

「任せて下さい」

「私は――」

と、のぞみが成川を見て、「協力しません！　店を失っても、刑務所へ入れられても、それは自業自得。これ以上、罪は犯しません！」

「それは残念」

と、成川は言った。「しかし、あんたがいなくても差し支えないんだ」

「そうですね。――先生、私一人でも、おいしいクッキーは作れます」

と、杏は言った。

「あんたが事故死しても、〈ホープ〉の店は俺が引き継いであげよう。そしてクッキー作りはこの杏に任せる」

「殺したければ殺しなさい」

と、のぞみは言った。

マリナも紘子がついていれば大丈夫だ。

「そうか」

成川は上着の下から拳銃を取り出すと、

「あんたのこめかみを撃ち抜いて、自殺に見せかけようか？　拾った一億円を使ってしまったことを明らかにされるのを恐れて、自ら命を断った、と思われるだろう」

「先生」

と、杏は言った。「色々教えていただいて。お世話になりました」

「杏。お前が引金を引け」

「はい」

拳銃を受け取った杏は、床に膝をついているのぞみの方へ歩み寄ると、「すぐ楽になりますよ」

と、銃口をのぞみのこめかみに当てた。

そして引金を引く。――カチッという音だけがした。

「弾丸が出ません」

「おかしいな」

成川が拳銃を手にして、「――弾丸が抜いてある！　どうしてだ？」

と、声を上げた。

部屋のドアが開いて、

「僕が弾丸を抜いたんです」

と、片山が言った。「それに、あなたがトイレに入ってる間に、紅茶をすり換えておきました」

「何だと？」

文乃が立ち上って、

「あなた……。私を騙したのね」

「文乃……」

呆然とする成川と杏は、石津や晴美、ホームズ、そして刑事たちが次々に入って来るのをただ見ているばかりだった……。

「杏さん」

と、片山が言った。「あなたをずっと尾行していたんです。残念ですよ」

「馬鹿め！」

成川が杏をにらんだ。

「薬の入ったクッキーを作っている場所も突き止めて手入れしていますよ。――しかし、成川さん、自分のために働いた人たちをみんな死なせるなんて、ひど過ぎませんか」

「死人に口なしだ。誰も証言できないぞ」

片山は苦笑して、

「あの工場の廃屋で死んだのは、高浜令子さんだけです」

「何だって？」

成川が唖然とする。

「みんな、自分で頭を撃ち抜くことになってたんでしょう？　このホームズがね、その前に部屋へ飛び込んで、明りを消したんです。居合せた人たちは何が起ったのか分らず、駆け回るホームズに向ってでたらめに発砲したんですよ。互いの撃った弾丸で、みんな足や肩や腕にけがをして、自分で死ぬどころじゃなくなってしまったんです」

と、片山は言った。「今、全員、病院で手当を受けています」

「おかしいと思ったんです」

と、晴美が言った。「あなたを本当に監禁してたのなら、あなたが逃げたと分ったときに、すぐあそこを引き払うでしょう。でも、みんなあそこに集まっていた」

「この部屋にもマイクを仕掛けて、外で録音していました」

と、片山は言った。「さあ、諦めて同行して下さい」

成川の真青な顔に汗が浮んでいた。

「——片山さん」

と、杏が言った。「私、あなたのこと、気に入ってたのにな」

「僕も残念だよ」

と、片山は言った。「さあ、行こう」

「じゃ、せめて片山さんが私に手錠をかけて」

と言って、杏は両手を揃えて差し出した。

エピローグ

「辻を殺したのは僕です」

と、清原は言った。「あれは、〈闇将軍〉と関係ありません。僕は沖野のぞみさんに同情していて。――憧れてたんです。薬のせいで、声が聞こえるようになって……。僕は妻の信忍も仲間にしました。でも、のぞみさんを何とか辻から解放してあげたくて……」

病院のベッドで、肩を負傷した清原は言った。「あの店で騒ぐのを聞いて腹が立ち……。外へ出て来た辻さんを殺したんです」

「堺紀美江を殺したのは？」

と、片山が訊いた。

「成川だと思います。それとも杏だったのかな。――紀美江さんは、自分のしていることに疑問を持ってて、片山晴美さんに相談しようとしてたんです。それで……。僕と信忍はあの部屋で結ばれたんですが、僕はそうでなくてもあのホテルに行くことになっていて。本当なら死体を見付けて、この計画から抜けられないようにするつもりだったらしいです。でも結局気付かなくて……」

と、清原は苦笑した。

「ええ、松山を殺せと言われました」

ソムリエの太田は足を撃たれて寝ていた。「隠しマイクが見付かって。でもそれで死ぬのは……。そしたら〈闇将軍〉が、『松山を殺せば赦してやる』と……。銀行強盗に失敗して、松山も死ななきゃいけなかったんですが。――ええ、強盗は松山と鈴木美幸です。クッキーを作る設備に金がかかって……」

「結局――」

と、片山は言った。「あそこにいたのは七人だった。――高浜令子だけ、自分で心臓を撃ち抜いたが、他の六人は負傷しただけだ」

「でも、双葉幸子も死んだわ」

と、晴美は言った。「成川安文さんも」

「人を殺して、いい国を作ろうなんて……」

と、のぞみが言った。

「目的が正しければ、何をやっても許されると思う人間がいるんだ」

と、片山は言った。

石津の運転する車で、のぞみの家へ向っていた。

「お手数かけて」

と、のぞみは言った。「一億円の残りは、家の地下室にあります」

「そんなに拾ったら、私だって分らないな」

と、晴美が言った。

「片山さん。私、すぐ逮捕されますか?」

「まあ、待って下さい。使った分を足して一億円になっていれば……」

「でも……」

「まあ、上司と相談してみますよ」

「すみません!」

と、のぞみは頭を下げた。

「そうですよ」

と、石津が言った。「あんなおいしいクッキーを作る人に、悪い人はいません」

片山たちは笑った。

——車が玄関前に着くと、のぞみは玄関を開けて、

「紘子さん。——ただいま」

と、声をかけた。

紘子が出て来て、

「お帰りなさいませ」

「遅くなってごめんなさい。片山さんたちが一緒で——」

のぞみは、紘子が拳銃を手にして、銃口を真直ぐ自分へ向けているのを見て凍りついた。

「危い！」

片山が叫んだ。

ホームズが飛びかかる。紘子がよろけて、銃が発射された。

「紘子さん！」

片山が駆け寄って、銃を奪い取った。

「あの薬のせいだわ、きっと」

と、晴美が言った。

そのとき、「クゥーン……」という犬の声がした。

「マリナ！」

と、のぞみが叫んだ。

それた弾丸が当ったのだ。マリナが苦しげにもがいていた。

「マリナ……。マリナ？」

紘子が我に返ったようで、「——私が撃ったの？　何てこと！」

と叫んだ。

「病院へ運ぶんだ」

と、片山は言った。「石津！　車で運ぶぞ！」

「分りました！」

「信号無視していい！　急げ！」

ワーッと全員が車に乗り込むと、車は猛然と走り出した。

「スピード違反ですが」

「許す！」

「そこを右です！」

マリナを、紘子がしっかり抱きかかえ、のぞみは助手席で道案内する。

「急げ！」

「ニャー！」

「任せて下さい！」

――車はアッという間にあの動物病院の前に着いた。

「先生！　お願いします！」

マリナを抱えて、血で汚れた紘子を先頭に、ドッと大勢入って来たのを見て、医師が目を丸くした。

「撃たれたんです！」

「撃たれた？」

「警察の者です。この犬は重要な証人なので、助けてやって下さい！」

片山の言葉に医師は啞然としていたが、

「ああ……。まあ、大丈夫でしょう。ちょっと後ろ足が……。ともかく出血を止めます」

待合室は一気に温度が上ったようだった。

「ああ……」

のぞみがぐったりとして、「助かるかしら……」

「しかし……よく無事に着いたな」

片山は今になってゾッとした。

石津が入って来て、

「片山さん」

「ああ。よくやった」

「あの——白バイが追いかけて来て。何て言いましょうか?」

片山と晴美は顔を見合わせた。

「そうだな……」

と、片山は石津の肩をポンと叩いて、「お前が飢え死にしそうだったんで、急いでた、ってのはどうだ?」

「いいですね!」

石津の顔がパッと明るくなった。「ちょうど腹が減ってたんです」

「私がうまく説明するわ」

と、晴美がホームズを促して、「確か、隣にファミレスが入ってたわよ」

「ニャー」

ホームズが笑うと(?)、先に立って病院を出て行った……。

解説

権田《ごんだ》萬治《まんじ》
（文芸評論家）

赤川次郎ファンの皆さん、お待たせしました。今度の文庫は長編推理小説『三毛猫ホームズの闇将軍』（二〇一三年六月）です。

〝三毛猫ホームズ〟シリーズの第一作『三毛猫ホームズの推理』（一九七八年）は、今から三十八年も前に書かれました。それ以来多くの読者に愛され、長編と短編集を合わせると、何とこの『闇将軍』が第四十九冊目の本になります。

ご存じのように赤川次郎は短編「幽霊列車」（一九七六年）でオール讀物推理小説新人賞を受賞して文壇にデビューしました。この〝幽霊〟シリーズも〝三毛猫ホームズ〟シリーズと同じように、さえない中年の警視庁捜査一課の宇野《うの》警部と可愛くて小生意気な女子大生永井《ながい》夕子《ゆうこ》が凸凹コンビを組む楽しいユーモア・ミステリーですが、宇野刑事の年齢がかなり上なので、若い読者には二年後にデビューした二十八歳の片山《かたやま》刑事と妹の晴美《はるみ》とが仲良く活躍する〝三毛猫ホームズ〟の方がより親しみやすいかも知れません。

この機会に三毛猫ホームズの原点をちょっと振り返ってみましょう。

作者によると、三毛猫ホームズのモデルは、母親が非常にかわいがっていたミーコという猫で、この愛猫が亡くなったのを機会に作品に記念出演させたとのことですが、第一作の『三毛猫ホームズの推理』に羽衣《はごろも》女子大の構内に住む文学部長森崎智雄《もりさきともお》の飼い猫として初めて姿を現した時のホームズは、こんなふうに描かれています。

「三毛猫《みけねこ》で、体つきはほっそりとしている。配色がユニークで、背はほとんど茶と黒ばかり、腹のほうが白で、前肢《まえあし》が右は真っ黒、左は真っ白だった。鼻筋が真っ直ぐ通ったきりっとした顔立ち、ヒゲが若々しくピンと立っていて、顔はほぼ正確に、白、黒、茶色に三等分されていた。こういう所で飼われているせいだろう、毛には絹のような光沢があって、実に艶《つや》やかだった」

その後、飼い主の森崎が事件に巻き込まれたため、ホームズは実際の事件捜査に乗り出すおなじみの警視庁捜査一課の刑事片山義太郎《よしたろう》と二十一歳の妹晴美の元に引き取られ、ふたりと義太郎の同僚の食べることの大好きな石津《いしづ》刑事とともに数々の事件の解決に活躍することになるわけです。

猫が名探偵というミステリーは、アメリカの女流作家のリリアン・J・ブラウンが、新聞記者のジム・クィラランと新聞を読んだりタイプもできる猫ココが活躍する長編『猫は手がかりを読む』（一九六六年）を書いています。しかし、当初はまったく注目されず、二十年後の八六年に第四作の『猫は殺しをかぎつける』を発表して、やっと認められました。つまり、日本の赤川次郎の『三毛猫ホームズの推理』の方が十年ほども前に大人気シリーズになっているわけです。

その理由は何でしょうか。

それは三毛猫ホームズを取り巻く警視庁捜査一課の片山義太郎刑事や妹の晴美などの探偵グループの性格設定が比較にならないほど奇想天外で、面白いからです。

「ノッポで、ひょろりと長い体に、丸い童顔が乗っかっている。長い足を持て余すような歩き方をするのが、何となくキリンを連想させてユーモラスである。ちょっと撫《な》で肩《がた》で、目も鼻も丸くできている温和な顔と合わせて、優しい女性的な印象を与える」というのが初登場の時のプロフィルです。

しかも、犯罪現場の血を見るだけで貧血を起こしてしまうし、女性が苦手で女性が大勢集まっている所に行くと、頭痛とめまいに襲われ、吐き気を催《もよお》してしまう片山刑事。そんなわけで付いたあだ名が「お嬢さん」なんて、こんな刑事は現実にはまず居ませんね。

今は余り使われませんが、一昔前まで、「オイコラ警官」という言葉がありました。

何も取り立てて悪いこともしていない一般の庶民に何かというと、「オイコラ、何をしている！」などと威張るコワイ警官のことです。戦前にはそういう警察官が多かったんですよ。

赤川次郎が作り出した片山義太郎刑事は、こういう権力を笠に着て威張る「オイコラ警官」とはまったく正反対の優しい警官で、ルックスも親しみやすいですね。

私は以前、赤川ミステリーの一つの大きな特徴に、アベコベ物語の視点を挙げたことがあります。世間の常識的な見方と正反対な性格の登場人物を作り出すユニークな視点です。この〝三毛猫ホームズ〟シリーズの片山刑事もそうですが、例えば、同じ年に書かれた女子高生がヤクザの組長になるという奇抜な着想の『セーラー服と機関銃』などはその一例です。女子高生の暴力団組長なんて、血を見るのが大嫌いで女性恐怖症の刑事と同じくらい現実にはあり得ませんね。しかし、そういう既成観念とは全く正反対の設定が逆に読者の明るい笑いを呼ぶわけです。

ユーモア・ミステリーからホラー、冒険小説、さらには恋愛ものや最近の政治サスペンスなど赤川ミステリーは非常に多彩ですが、その底にいつも流れているのは作者の人間を見つめる限りなく優しい視線なのです。ですから、赤川ミステリーは、どんなに殺人事件を扱っても、荒々しい暴力や残虐シーンを売り物にすることはありませんし、男女のさまざまな愛のかたちも非常にクールに簡潔に描かれ、露骨なセックス場面などはありません。そういう安心感が、時が流れ、社会が変わっても、赤川作品が多くの読者に長く読み継がれ、愛されている理由なのでしょう。

さて、本題の『三毛猫ホームズの闇将軍』のことに話を戻しましょう。

題名に〝闇将軍〟とあるように、この作品では、これまでのものとちょっと違って、〝闇将軍〟とは一体何か、何者なのか、どんな陰謀を企《くわだ》てようとしているのか。こういう謎が大きなテーマになっているのが特徴です。そういうわけでこの『闇将軍』では、これまでの作品と違って普通の殺人事件だけでなく、都知事選がらみでテロ事件とも思える事件さえ起こります。ミステリー的な面白さだけでなく、SF的な要素もあります。

ある日、片山刑事の妹の晴美が久しぶりに会う約束をした高校時代の友人の堺紀美江《さかいきみえ》がいつまで経《た》っても待ち合わせの喫茶店に姿を見せず、ビジネスホテルで死体となって発見されるところから、この作品は始まります。

片山兄妹は、事件捜査の一環として被害者の紀美江が手帖に名前を残していた出会いハント・バーのRに行きますが、そこでまたも中年男性が殺される事件に遭遇します。この被害者は、ある会社の辻《つじ》という四十八歳の課長で、片山兄妹はたまたま現場のバーに居合わせたこの男の部下の沖野《おきの》のぞみと知り合うことになります。

でも、沖野のぞみには、だれにも言えない秘密がありました。

それはのぞみが深夜に自宅のアパートに帰った時、部屋に持ち帰ったゴミ捨て場に置いてあった黒いビニール袋のことです。以前時間外にゴミ袋を出して叱られた記憶があるのぞみは、自分のせいにされるのが心配で部屋に中身も見ずにゴミ袋を持ち込んだのですが、開けて見ると、何とその中には、一億円もの札束が入っていたのです。

一体、この一億円は、だれが何のために捨てたのか。そしてこの金がどんなことを引き起こすことになるのか。その謎解きは読んでのお楽しみということにして置きましょう。

読者の中には一億円もの大金が捨てられるなんていうことが現実に起こるだろうか、という疑問を持たれる方が居るかも知れません。

でも、現実の社会では、こういうことが現実に起こってるんですよ。

例えば、一九八〇年四月二十五日、トラック運転手の大貫久男さんが東京都中央区銀座《ちゅうおうくぎんざ》三丁目の道路脇で現金一億円入りの風呂敷包みを発見。拾得物として警察に届け出たという例があります。また、その後も、一九八九年に川崎市高津区《かわさきしたかつく》の竹やぶで通りがかった人が一億円を見つけた例もあります。

世の中には、表に出せないお金というものがあるんですね。主として不正に取得したお金で、表に出すと巨額の税金が課税されたり、どのようなことで利益を得たかを追及され、贈《ぞう》収賄《しゅうわい》や麻薬取引など凶悪な犯罪が明るみに出てしまうようなお金のことです。これを英語では、Black money、直訳すると黒い金といいます。

こういう裏で動いた黒い金が、日本では先ごろ辞任した甘利《あまり》前経済再生相の事件などに見られるようにしばしば政治に使われ、〝政治と金〟の問題として話題になるのはご存じのとおりです。

アメリカの推理作家ロス・マクドナルドにはその言葉をそのまま題名にした『ブラック・マネー』（一九六六年）という作品もありますが、『三毛猫ホームズの闇将軍』では、このお金が実に意外な目的で捨てられたことが判明します。

このようにこの『三毛猫ホームズの闇将軍』には、いつもの〝三毛猫ホームズ〟と違って、都知事選でのテロ事件や得体の知れない一億円によって、知らず知らずの内に社会を支配しようとする恐ろしい〝闇将軍〟の黒い影が浮かんで来ます。

二〇〇〇年に入ったころから赤川次郎は、時の政治権力によって市民の自由が脅《おびや》かされかねない日本の状況に強い危機感を抱いているようです。そういう視点は新しい〝闇からの声〟シリーズの短編集『悪夢の果て』（二〇〇六年）にうかがえますが、吉川英治文学賞を受賞した最近の長編小説『東京零年』（二〇一五年）などでさらに鮮明になっているようです。

そういう意味では、もしかすると、この『三毛猫ホームズの闇将軍』という作品も、権力の横暴さや金がすべてという拝金主義が幅を利かす現代の世の中に対する作者の危機感の一つの反映といえるかも知れません。

〈初出〉
「小説宝石」二〇一二年五月号～二〇一三年五月号
二〇一三年六月　カッパ・ノベルス刊

光文社文庫

長編推理小説
三毛猫《みけねこ》ホームズの闇将軍《やみしようぐん》
著者　赤《あか》川《がわ》次《じ》郎《ろう》

2016年4月20日　初版1刷発行

発行者　鈴木広和
印刷　萩原印刷
製本　ナショナル製本

発行所　株式会社　光文社
〒112-8011　東京都文京区音羽1-16-6
電話　(03)5395-8149　編集部
8116　書籍販売部
8125　業務部

ISBN978-4-334-77266-6　Printed in Japan

組版　萩原印刷

お願い　光文社文庫をお読みになって、いかがでございましたか。「読後の感想」を編集部あてに、ぜひお送りください。

　このほか光文社文庫では、どんな本をお読みになりましたか。これから、どういう本をご希望ですか。

　どの本も、誤植がないようつとめていますが、もしお気づきの点がございましたら、お教えください。ご職業、ご年齢などもお書きそえいただければ幸いです。当社の規定により本来の目的以外に使用せず、大切に扱わせていただきます。

光文社文庫編集部

赤川次郎ファン・クラブ

三毛猫ホームズと仲間たち

入会のご案内

会員特典

★会誌「三毛猫ホームズの事件簿」(年４回発行)
会誌の内容は、会員だけが読めるショートショート(肉筆原稿を掲載)、赤川先生の近況報告、先生への質問コーナーなど盛りだくさん。

★ファンの集いを開催
毎年夏、ファンの集いを開催。賞品が当たるクイズ・コーナー、サイン会など、先生と直接お話しできる数少ない機会です。

★「赤川次郎全作品リスト」
500冊を超える著作を検索できる目録を毎年５月に更新。ファン必携のリストです。

ご入会希望の方は、必ず封書で、〒、住所、氏名を明記の上、82円切手１枚を同封し、下記までお送りください。(個人情報は、規定により本来の目的以外に使用せず大切に扱わせていただきます)

〒112-8011
東京都文京区音羽1-16-6
(株)光文社　文庫編集部内
「赤川次郎Ｆ・Ｃに入りたい」係

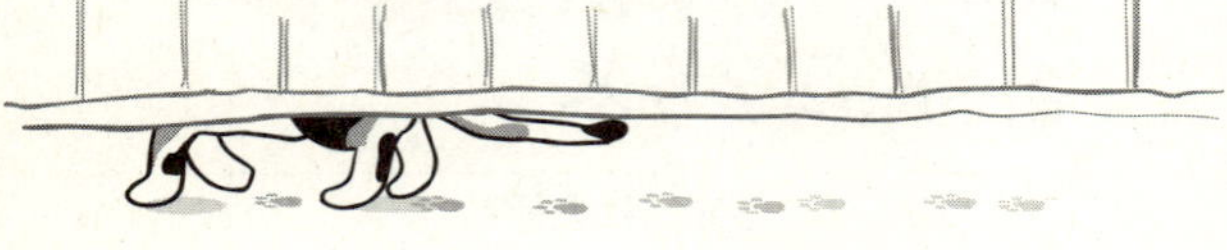